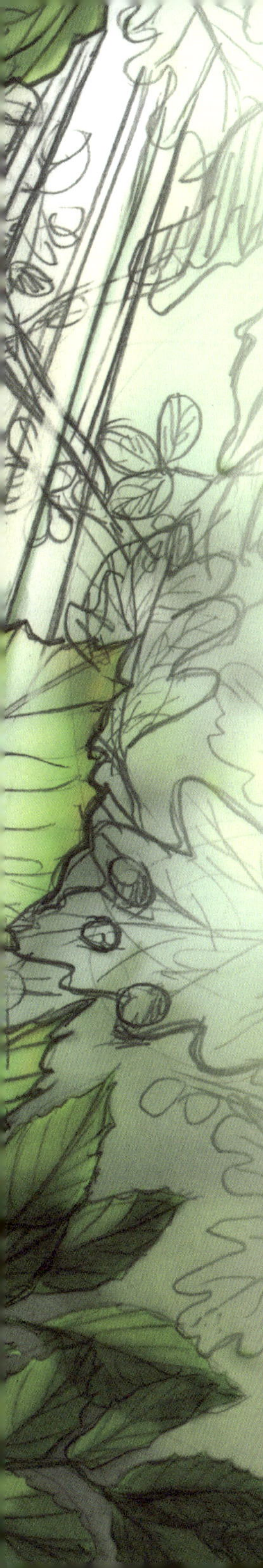

Alain Auderset

C'est quoi ?

Né en 1968, il est le mari de la chanteuse Lilou et l'affectueux papa de quatre enfants.
Il dessine des BD depuis plus de 20 ans, est le guitariste du groupe rock Saahsal, se produit sur plusieurs scènes avec son one-man-show... et il écrit....
Ce livre est un recueil des plus touchantes lettres de son blog (www.auderset.com)

C'est qui ?

Le titre d'artiste compte assez peu pour Alain ; il se considère avant tout comme un ami de Dieu.
Si vous le rencontrez, ce qui vous touchera en premier, c'est sa simplicité et sa sincérité, mais il n'y a pas de mérite, car c'est l'influence de son Ami invisible et si présent. Si vous vous interrogez sur son art, voici ce qu'il vous dira :
« Je ne veux pas de nom d'artiste, car je ne joue pas, je ne fais pas semblant, je suis juste moi, un simple petit gars. Parfois Dieu me remplit et ce qui déborde tombe sur du papier et s'imprime, c'est tout... »

C'est où ?

C'est un peu un coin reculé de la Suisse.
Forêts, prairies, rochers, rivière entourent la région où a échoué la maison d'Alain.
La cave, ça ressemble un peu aux catacombes ou aux mines de la Moria.
Par terre, juste au-dessus ; c'est son atelier, oasis rempli de plantes exotiques et d'oeuvres dessinées grimpantes.
Premier étage, c'est là où vit sa petite famille.
Du deuxième ruisselle en bas des escaliers des notes de musique du local de répète « Saahsal » et « Rhum-page » (groupe de son fils), ainsi qu'un bouquet de potes dégageant des effluves d'amitié dans toute la maison.

A. AUDERSET
RENDEZ-VOUS DANS LA FORÊT

Même chiffonné, écrasé, sali ou oublié,
le billet de banque garde toute sa valeur.
Toi, c'est pareil.

Le perdu

Cette nuit (genre minuit), je me balade tout en discutant avec le Seigneur, quand tout à coup, dans une rue obscure, je discerne une forme sombre au beau milieu de la route. Je m'approche et, à mon grand étonnement, je trouve un homme dans la soixantaine gisant à terre :

– Youhou monsieur ! Ça va ?

Il lève faiblement la tête et me dit :

– Qu'est-ce qui s'est passé ? Où suis-je ?

Visiblement, il a perdu la mémoire…

J'essaye de le relever, mais il est lourd (et j'ai mal au dos). Alors je hèle un (rare) passant qu'il me semble reconnaître :

– Hey, venez m'aider!

Mais celui-ci prétexte une excuse du genre :

– Désolé, ce serait volontiers, mais je dois m'allumer une cigarette.

Et il disparaît.

A grand-peine, je réussis à mettre debout le gars, lui ramasse ses lunettes et ses clefs…

– Monsieur, où habitez-vous ?

Il me répond, étonné :

– Je ne sais pas...

– Ah! ça va être sympa cette nuit…

Le type appuyé sur mon épaule, nous marchons au hasard des rues désertes de St-Imier, espérant que la mémoire lui revienne en apercevant son quartier… Je ne veux pas appeler la police de peur qu'elle lui fasse des histoires… Et l'ambulance lui coûterait cher (de plus, il n'en veut pas)…

– Hey ! Mais j'y pense... je ne suis pas seul !

– Euh... Seigneur, tu pourrais pas me donner un coup de main?

Paf ! Il me vient une idée :

– Votre nom ! Vous vous souvenez de votre nom ?

Il me le donne. Je téléphone à ma femme qui, d'une voix endormie, me donne l'adresse… Non pas qu'elle soit prophétesse, elle regarde juste dans le bottin (c'est dingue, on dirait qu'elle n'est même plus étonnée par ce genre d'histoires qui m'arrivent)…

Quelle joie de voir que la clef de mon protégé fonctionne à ladite adresse ! Je rentre, soulagé et songeur à la fois… Sachant que hasarD finit avec un «D» majuscule… (oui, «D» comme Dédé, mais ce n'est pas à lui que je pensais)…

Le lendemain matin, je prends de ses nouvelles et l'invite à boire un café… Je n'ai rien fait d'étonnant. J'ai trouvé un « perdu » et je l'ai aidé à rentrer à la maison. Beaucoup de gens sont « perdus » autour de nous… qui aimeraient tant rentrer à la maison !

Hier, j'ai raconté à mes deux petits cette parole de Jésus :

– Dieu, c'est un papa qui attend tous les jours (depuis trop longtemps) devant sa porte.
Il attend que son fils, sa fille perdu(e) rentre à la maison.
Et, quand ce jour arrive, il pleure de joie.
C'est le plus beau jour de sa vie!

Toi qui me lis, reçois ce message de sa part :

Papa t'attend... rentre à la maison...

Dessin tiré de la BD «Idées reçues 2»

Chemin de prière

Faut pas forcer

– Ai-je la PAIX pour aller au boulot aujourd'hui... ? Mmmm... je ne sais pas trop... Bah, faut que ça soit un élan du cœur, pas une obligation...
Si telle est ta pensée à ton lever, il se pourrait bien qu'à ton coucher ton patron suive ton exemple:
– Je ne sais pas si j'ai ENVIE de lui donner son salaire ce mois-ci... Je ne le sens pas trop...
J'ai pas la PAIX pour ça...

« Raccourci » ?

Je passe souvent par des raccourcis dans la forêt pour me rendre à mon atelier, et c'est zarbi car j'habite juste à l'étage de dessus ! Pourtant c'est vraiment un gain de temps (quand je ne me perds pas !), car j'y ai un rendez-vous quotidien avec Dieu (à moins que ce soit l'inverse... ?).

« Perdre » du temps avec l'essentiel, c'est en gagner.

Le temps de mes envies a beau être d'un tempétueux tyrannique ou en vacances, ça n'y change rien, ce n'est pas lui qui commande (okay !? non mais... je le souligne, car on dirait qu'il n'est pas au courant...).

Stop religion !

Sur le chemin, dans un moment d'inattention, je lui sers parfois tout un couplet de phrases creuses :
– Merci sois-tu ! Ôôôôôh mon Dieu!
(C pourquoi le : « ôôôô » déjà?)
Argl ! Imaginez quelqu'un vous parler comme ça, c'est trop nul ! Il mérite mieux que ça...
Je ne suis pas ici pour faire mes devoirs de « prière », mais pour chercher Dieu sincèrement
(vi je le perds souvent de vue).

Youhou... y a quelqu'un ?!

Je marche le long d'une prairie avec ce sentiment un peu ridicule de parler tout seul...
Pourtant, Jésus a dit : « Croyez en moi... »
et non pas : « Ressentez un truc en moi... »
... Okay, je fais le choix de croire.

Alors, je lui explique avec conviction le topo de mes galères :

– Oh là là là ! je n'arrive pas à percer avec mes BD dans les magasins ! Tous ces décideurs qui me disent sans cesse non (paske je parle de toi en plus !).
(C'était mon défi ! A l'époque, je croyais qu'il ne pouvait y en avoir de pires...)

– Seigneur, j'ai comme des murs devant moi...
Donne-moi un char avec un chasse-neige* devant (*c'est un truc suisse, pouvez pas comprendre...) que je puisse les casser !
Mes prières sont accompagnées de grands gestes à l'italienne (de loin on pourrait croire que je suis attaqué par des guêpes !). En rentrant chez moi, je suis accueilli par Pomteutèrmayonaisereuchti (ce n'est pas son vrai nom).

Mais qui est Pomteutèrmayonaisereuchti ?

Emporté par la rivière de monde à l'ouverture des portes, je glisse hors de l'église. Là, caché derrière quelques fidèles en mode discussion banale, je croise le regard d'un inconnu.
Je perçois immédiatement dans ses yeux que ceux-ci ont déjà croisé celui de Dieu.
Intrigué, je m'approche et lui demande :

– Mais t'es qui, toi ?

– Je viens de Genève, en ce moment je travaille dans une ferme de la région, mais j'y ai été mal accueilli... c'est dur pour moi...

– Ah bon ? bin alors viens habiter chez nous si ça te dit (il est resté 2 semaines....).

Il a une grande barbe et un imposant physique (son gros ventre lui va très bien).
Lui, quand il prie, il se contente de s'enfoncer dans un fauteuil et il peut y passer des heures et des heures immobile...

Quand Pomteutèrmayonaisereuchti m'ouvre la porte d'entrée, je reçois une énorme bouffée de présence de Dieu dans la face, c'est presque physique, comme une nuée !!! La tête à travers la porte entrouverte, Pomteutèrmayonaisereuchti avec son calme habituel me regarde et me dit :

– Hey Alain, je priais pour toi et je t'ai vu dans une vision ! Tu étais sur un char devant lequel il y avait un chasse-neige et tu cassais tous les murs devant toi !!!

– !!? (Incroyable ! Il a reçu un fax ou quoi ?!
Euh... Seigneur si tu racontes à tout le monde ce qu'on se raconte, je ne te dis plus rien... !)

Quand vous parlez à Dieu (je parle de celui de la Bible, c le seul que j'ai en magasin), il y a vraiment quelqu'un qui écoute.... que vous le ressentiez ou non...

Comme beaucoup, je passe en ce moment par la tourmente, et le fracas de celle-ci m'empêche d'entendre correctement Sa voix... mais cette histoire vécue me le rappelle :
Il écoute...
Il ne laissera pas celui qui se confie en lui tomber plus bas que dans Sa main.

Chemin encombré

C'est le matin, pendant ma balade en forêt j'apostrophe deux promeneuses qui ont le malheur de venir en sens inverse:

– Faites attention! J'ai déchargé plein de déchets sur le chemin! Ne mettez surtout pas les pieds dedans!

Elles ne sont pas sûres d'avoir bien compris, alors je leur explique:

– Cette nuit, j'avais tellement de soucis concernant mon travail que j'ai eu toute les peines du monde à m'endormir ; alors ce matin, j'ai déchargé tous ces soucis sur mon chemin de prière.

Dessin tiré de la BD *Idées reçues*

Elles doivent sûrement penser quelque chose comme :
– Quel drôle d'oiseau celui-là…
Mais elles me répondent de concert :
– Y a-t-il encore la place pour déposer nos soucis à nous ?
Surpris, je leur réponds avec aplomb :
– Oui, Dieu a bien de la place ! Mais une fois déposés, ne faites pas la bêtise de les reprendre !

Le palais du Brésil

La petite ferme du Jura…

Ne me demandez pas comment, mais ce matin, tôt, j'atterris dans une ferme au fin fond d'une campagne loin de tout (en fait, j'ai fait le taxi pour quelqu'un) !
Au lieu de repartir direct, « Quelque chose » (encore lui, j'en suis sûr !) me pousse à entrer.

Dans le sombre couloir, je rencontre un paysan à la barbe blanche, à peine étonné de me voir…
On est partis pour dire des banalités genre :
– Bonjour, quel temps, etc.
Je le regarde dans le fond des yeux et je lui débite comme un fax (j'ai parfois de drôles d'idées, je l'avoue) :
– Quel que soit le chemin qu'on traverse, l'important c'est que :

L'Eternel est ma lumière et mon salut:
De qui aurais-je crainte ?
L'Eternel est le soutien de ma vie :
De qui aurais-je peur ? (Ps 27 : 1)

Les yeux du vieil homme se sont embués, il est visiblement ému, mais réussit à me dire :
– Mais c'est vrai, c'est vrai… merci pour cette parole…
Aujourd'hui ma femme me quitte, mais cette parole me redonne du courage et de la joie… merci.
Il me sert fort contre lui.
Je suis un peu remué; qui penserait que dans une contrée aussi sauvage et abandonnée on puisse trouver autant d'intensité émotionnelle ?
Je retourne à la « civilisation ».

Le palais du Brésil...

Le même soir, je suis invité à une soirée brésilienne VIP, sorte de remise des Oscars à Babylone, Euh... non, Zurich.
Quand je dis que j'ai été « invité », c'est un peu exagéré... Disons plutôt que c'est Lucia, une amie brésilienne connue de ces milieux de stars, qui m'a organisé la combine....
Avant, elle était une strip-teaseuse célèbre. Depuis elle a rencontré le Christ et a quitté ce milieu, mais elle a gardé de bons contacts avec des personnalités, ce qui lui a valu d'avoir un billet en trop... Bref !

avant

Un collègue de boulot m'a prêté un costard et la bibliothécaire du village m'a trouvé des souliers dans son grenier qui pouvaient m'aller, les miens ont la semelle qui se décolle (On aurait dit des marionnettes de Muppetshow !).

après

Je pars donc avec la voiture qu'un pote garagiste m'a prêtée, (les plaques tiennent avec du scotch, et à 100km, on dirait que tout va exploser!). Franchement, je ne sais pas trop ce que je vais y faire, à cette soirée... Mais sur la route, avec Lucia, on prie comme s'il y avait le feu dans la voiture pour que le Seigneur ouvre une porte pour mes BD au Brésil !

C'est moi qui conduis et néanmoins nous arrivons vivants au parc du grand hôtel (certaines mauvaises langues diront que c'est déjà là une preuve de l'existence de Dieu). Une fois parqués, Lucia pousse un grand cri libérateur, ses mains tremblent un peu comme si toute sa vie venait de défiler devant ses yeux...
Manifestement, elle n'est pas habituée à ma manière de conduire (ce n'est pas que je roule vite, loin de là, mais c'est juste que je ne suis pas très concentré.... Lisez ma BD « Marcel », vous comprendrez mieux...).

Feux d'artifice

Les gens dans l'ascenseur du parking de l'hôtel sont habillés comme pour le festival de Cannes. La musique d'ascenseur n'arrive pas à calmer la nervosité latente contenue dans cet endroit confiné. Le numéro des étages défile tel un compte à rebours.
Toute le monde retient sa respiration, la porte s'ouvre et:

– **Brazil !** (prononcez : « Brrrâzéoul ! »)

Des filles presque nues (« habillées » de 2-3 plumes d'oiseaux tombées dans un pot de peinture fluo) nous accueillent en grande pompe. Leurs sourires ravageurs sont si grands qu'on dirait qu'elles aimeraient qu'on leur compte toutes les dents... (Mais ça doit pas être ça...)

Grosse réception, tables attitrées, musique brésilienne, danseurs tout droit sortis d'un magazine de bodybuilding se trémoussant autour de nous et 400 invités distingués...waow plein la vue!

Je suis assis à côté de personnalités politiques et je témoigne de ce que je vis avec Jésus (c'est plus fort que moi!). Je donne mes BD à plusieurs «géants» autour de moi...

A un moment, je me trouve nez à nez avec une star de la chanson. J'observe qu'à son approche, tout le monde fond littéralement en la voyant, ne tarissant plus d'éloges ni de courbettes... Je me sens un peu bête paske ça me fait rien... (Euh...ça doit être paske je ne la connais pas du tout).

Une ministre assise à ma table m'explique que, même pour de petites distances, c'est bien plus pratique de prendre l'avion, et moi le plus naturellement du monde de répondre :
– Comment n'y avais-je pas pensé ?
(Je pense à « ma » voiture encore fumante qui fait un peu tache au milieu de toutes ces grosses Mercedes…)

La soirée s'est évaporée et nous sommes rentrés.
C'est Lucia qui conduit… (...elle a insisté).
Voilà une soirée pleine d'éclats, de stars et de promesses et une impression de... superficiel.
(Quel que soit l'éclat de l'or, il n'enrichit pas…)

Je pense au paysan rencontré ce matin ; malgré sa misère, le désert qu'il traverse, il est riche d'avoir Dieu dans sa vie.

Tard dans la nuit, je retourne dans mon village perdu, mon petit chez moi, ma petite famille…
Je les regarde dormir et je me dis :

Je les aime tant…

La forêt enchantée

Voilà déjà trois fois que je me ramasse des fils d'araignées en pleine g... Mais keskis'passe dans c'te forêt !?
Okay, c'est vrai, je ne suis pas venu hier sur mon chemin de prière, mais comment ces suceurs de sang ont-ils pu tisser tout ça en si peu de temps?
Voilà une preuve formelle que le garde forestier ne passe pas la poussière tous les jours !

C'est à croire qu'il ne connaît pas l'invention de l'aspirateur ; il y a des feuilles qui traînent partout (les forêts suisses ne sont plus ce qu'elles étaient)!

Le bâton de Moïse

Tel Momo traversant la mer Rouge, je ramasse un grand bâton que je brandis devant moi, détruisant à mon passage ces infâmes pièges transparents tout en continuant de m'adresser à Dieu (on organise une conquête du monde)...

Un hamburger dans la forêt ?

Je me dis que, si j'étais une petite mouche, ce lieu ressemblerait à un Mac Do géant, sauf que le hamburger ça serait moi… Alors je me jucherais sur l'épaule de Jésus et ainsi même de puissantes créatures dix fois plus grandes que moi ne me feraient même pas peur!
Je ne craindrais rien, car sa houlette et son bâton me protègent…

Je me trouve souvent à témoigner (non seulement dans des églises) mais aussi dans des festivals, auprès des médias et à plein d'autres occasions. Parfois, les gens que je rencontre me confient qu'ils sont des sorciers, qu'ils parlent avec les morts, pratiquent la magie ou, pire encore, qu'ils ne connaissent pas mes BD!!...
Mais le Maître marche devant moi (ça serait plutôt à eux d'avoir les boules...)!

Ne jamais baisser les bras...

Fatigué, je baisse les bras et, juste à ce moment-là, je me ramasse une toile entière qui vient engluer tout mon visage! Argl! l'horreur! c'est une forêt hantée ou quoi?

Ca me rappelle un truc...
Tant que Moïse levait les bras, Israël gagnait la bataille. Voyant que quand il les baissait, Israël se ramassait des baffes, ses amis lui soutinrent les bras toute la journée et leur victoire fut totale.

A ce moment-là, je pense à vous qui priez pour moi...

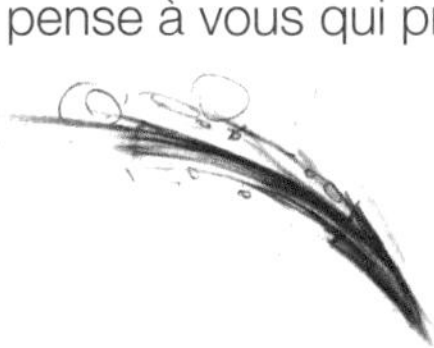

Sans vous

Un jour, j'étais parti visiter un groupe de jeunes sans en parler à qui que ce soit (oui, j'ai osé...).
C'était d'un banal affligeant et ça n'avait aucun impact…

Avec vous

Lors d'un récent spectacle (*l'épître(ries) d'Alain*), à un moment où je disais que Jésus était là, je réalisais sa présence surnaturelle; je l'ai vu toucher le cœur de plusieurs personnes dans le public (c'était comme un rayon de soleil qui vous éblouit dans une forêt sombre)!
Moi, j'étais là, comme la mouche sur son épaule… juste spectateur.

Merci

Par vos prières, vous soutenez mes bras.
Ces victoires sont aussi les vôtres…

A Jésus seul la gloire ; sa formidable puissance n'a d'égale que sa tendresse...
Et aujourd'hui Il n'a pas changé.

Des forêts qui bougent

Le truc qui bouge dans la nuit…

Ce matin, je me suis levé à quatre heures. Comme il n'y a pas meilleur moyen de gagner du temps que de parler avec Dieu, au lieu d'aller direct à l'atelier, comme à mon habitude, je passe par la forêt.

Purée ! il fait supernuit aujourd'hui ! On n'y voit pas plus loin que pas loin… Tiens ? ça manquait : le brouillard. Mais alors que j'y pénètre je me rappelle de la présence de Dieu dans le temple... Ça ressemble à ma vie, je ne sais pas où je vais, mais on y va de plus en plus vite !
Ça en devient carrément barge, les défis ont beau être de plus en plus grands, ils sont chaque fois atteints…
Il n'y a pas à dire, Jésus est un sacré bon pilote !
Quand il conduit comme ça, moi, je préfère encore fermer les yeux pour mieux prier… et j'ai confiance.

Tout à coup, un bruissement me sort de ma méditation. Là, en plein milieu de la forêt, loin de tout témoin oculaire, je sens une présence en approche. Non, je ne rêve pas : une forme blanche se rapproche implacablement !
– #* Argl !! un renard enragé blanc et géant !!!
Un léger frisson me parcourt, mais je suis prêt à me battre de mon meilleur Kung-Fu
(c'est-à-dire gesticuler m'importe comment à la manière d'un robot ménager pour pétrir la pâte)
«La chose» avance impitoyablement et implacablement sur moi ! impossible de l'éviter.
C'est à la distance d'environ un coup de poing que je réalise que c'est juste un passant.
Je lui bégaie un :
– B…bonjour
Et lui me renvoya un des plus banals :
– Salut !

Mais **qu'est-ce** que c'est que cette forêt où les gens se baladent **en plein milieu de la nuit !?!**

La feuille fragile

Il m'est arrivé un truc insignifiant !

(Incroyable, non ?!)
Sur mon chemin de prière, au beau milieu de mon passage, une feuille d'arbre se tient en apesanteur en face de moi. Insolite ! Je la fixe pendant un bon moment :
– Vraiment, elle ne bouge ni ne tombe (?!?).

Je continue mon chemin :
– Bah ! ça doit être un fil invisible qui la retient…
Après quelques minutes, j'ai beau avoir avancé physiquement, je réalise que mes pensées, elles, sont restées vers cette feuille…
– Et si c'était un miracle… ?
Intrigué, je reviens sur mes pas, bien décidé à résoudre l'énigme, histoire de pouvoir reprendre mes esprits.
Je l'observe pour de bon et… en effet :
Ce n'est qu'un fil d'araignée qui garde cette feuille en suspension (décevant, hein ?).

Je marchais encore pensif quand je rencontre deux passantes avec leurs chiens avec des gueules… (je parle des chiens!)
– Dites, j'ai vu quelque chose de bizarre … il y a une feuille qui…
– Oui, oui ! nous aussi, nous l'avons vu !
s'empressent-elles de me couper (je parle de la parole, car ce ne sont pas des serial killers !).

Je reprends mon chemin... (en marchant et non sur mes épaules, car ça c'est trop difficile !).
Quel phénomène, cette feuille ! Elle remue quelque chose dans l'âme de quiconque saura la voir, mais en même temps, c'est rien, rien du tout !
C'est sûr, il y aura forcément un gros balourd de sportif, trop préoccupé par la graisse qu'il aimerait perdre, qui va détruire la magie du truc sans même s'en rendre compte…
Vi, comme ce qu'on a.

Plus d'un an plus tard

Ce matin, en me promenant avec le Seigneur dans la (même) forêt, je pense aux événements de ces derniers temps, qui, telles des vagues, menacent de couler mon bateau.
Et je me trouve si fragile…

L'humain n'a que l'orgueil pour s'élever. Qu'il cesse de manger trois jours et le voilà sans force, un vent froid et le voilà malade, une émission de télé et paf! tout le pays croit avoir déjà le H1N1* H1N1: une maladie présentée au moment du récit comme étant une épidémie mondiale... Ce que nous possédons, notre vie et même notre « ministère », tout peut disparaître aussi vite que lors d'un moment d'inattention.

Tout remettre au Seigneur…

Ne sommes-nous pas que des gérants de passage?
Des vases d'argile?
(Même s'ils contiennent des richesses inestimables).

Fragile comme avec Jésus

Quotidiennement, je cherche le Seigneur et j'ai souvent l'impression de l'avoir touché si peu (mais ce « peu » est parfois énorme). C'est comme si cette relation ne tenait qu'à un fil fragile.
Je croise beaucoup d'e(x)-chrétiens éteints. Leur manque de soif les a vidés de la richesse qu'ils avaient en eux…
Si je perdais le fil avec Jésus, il m'arriverait pareil …

Cependant, le fil insignifiant que j'ai vu dans la forêt était d'une solidité impressionnante, n'est-il pas toujours présent dans mon esprit?

Les deux anges...

Agent-secret de Dieu...(encore en service !)

En fouillant dans le grenier de mes souvenirs, j'y ai trouvé un petit encouragement pour vous :

Tracas scolaire pour Jésus

Je faisais une dixième année scolaire à Bienne (c une ville) et j'étais dans une classe plutôt craignos qui avait développé un nouveau sport : foutage de g... de mes convictions chrétiennes (même le prof était un sportif de haut niveau) !
Le champion toute catégorie était incontestablement JB, celui qu'on avait installé à côté de moi.

Il adorait me piquer ma Bible, grimper sur les bancs et déclamer des versets – tel un oracle fanatique des temps anciens – à la classe amusée de me voir lui courir après pour qu'il me rende le précieux livre...

Nous allions vivre une sortie scolaire d'une semaine à Yverdon-les-Bains (c aussi une ville). Cette perspective qui aurait dû être une bonne nouvelle ne l'était pas pour moi ...

L'adresse mystérieuse

Dans mon train de retour (j'habitais Sonceboz) (c. pas une ville) ma place favorite était incontestablement entre deux wagons car, comme c'était inconfortable et bruyant, j'y étais seul et j'avais tout loisir de prier à voix haute et même à tue-tête si le cœur m'en disait...
Je suppliais Dieu lui disant :
– Oh ! Seigneur, je redoute le pire... être toute une semaine avec cette classe, je t'en prie, fais que je rencontre un chrétien qui habite cette ville étrangère...

Sur mon lit m'attendait une lettre. J'étais scié ; non seulement il était rare que je reçoive du courrier (je n'avais pas beaucoup d'amis...), mais en plus, l'adresse d'expédition était d'Yverdon !
Ecrite à la main, elle était un concentré d'encouragements chrétiens. La correspondante était une bien

étrange demoiselle rencontrée plus tôt dans le train. Dès qu'elle s'était assise sur le siège voisin, j'avais su qu'elle connaissait Dieu, mais j'aurais été gêné de lui demander, me restreignant au conventionnel « bonjour » de circonstance. Elle m'avait demandé alors si j'étais chrétien. S'était ensuivie une conversation édifiante conclue par un échange d'adresses habituellement sans lendemain.

Une semaine surréaliste

Le premier soir du camp, mes petits camarades de classe avaient eu la « brillante idée » d'invoquer des esprits (rien que ça) en s'aidant d'un vieux grimoire qu'ils avaient ramené de je ne sais quel lieu hanté...
Cette nuit-là, je vomissais et étais au plus mal...

Le lendemain, à la récréation, je partis à l'aventure bien décidé à trouver l'adresse indiquée sur la lettre. Hésitant, je sonnai à la porte. Une autre jeune demoiselle que celle rencontrée dans le train m'ouvrit. Son visage rayonnait de douceur, quelque chose de la gloire de Jésus !
Je restai pantois, sans mots, les yeux écarquillés ; jamais aucun d'eux n'avaient vu pareille chose auparavant. Intimidé, je lui expliquai le coup de la lettre... Une fois à l'intérieur, je reconnus la dame du train. Elles vivaient à deux ou trois dans cet appart', et passaient le plus clair de leur temps à prier.

Elles m'expliquèrent qu'elles recevaient parfois comme mission des paroles à donner à des gens précis. (Exemple : au milieu d'un temps de prière, Dieu donne à l'une ou l'autre une adresse totalement inconnue ; aussitôt elle saute dans le train pour s'y rendre et arrivée devant la porte, bien que tremblante, sonne. Alors une personne en larmes répond. Qui justement, dans un cri de désespoir, avait prié pour une réponse divine, et voilà qu'elle était là, sur le pas de la porte : dingue non ?).

Être en présence de prophétesses semblables à celles dont parle la Bible est déjà pas mal troublant et, avec les colombes blanches en liberté volant à tout-va dans l'appartement, je n'étais plus très certain d'être dans le même monde que celui derrière la porte.
(Les colombes étaient selon elles, un moyen d'étudier les similitudes avec le Saint-Esprit...)

J'allai les voir tous les jours de la semaine, ce qui devint pour moi un temps à part de ressourcement spirituel. Elles me donnèrent des paroles assez précises de la part de Dieu me concernant, essentiellement des versets bibliques ; je me souviens de :
– Alain, tu es comme une petite lumière cachée près de mon cœur…
Et elles prièrent abondamment pour moi…
A l'époque, je n'avais aucune idée de ce que Dieu pourrait bien faire de moi (je ne faisais pas encore de BD).
Mais je compris qu'Il avait une destinée particulière à me proposer...

Cette semaine qui aurait dû être catastrophique avait été une étape dans ma vie. Le dernier jour, je leur exprimai mon désir de garder le contact, mais, au lieu d'un numéro de téléphone, je reçus cette phrase qui me laissa sceptique :
– Quand tu voudras nous revoir, demande-le à Jésus.

Perdu de vue…

Les jours qui suivirent, je cherchai à reprendre contact avec elles, mais le courrier revenait en retour, plus personne n'habitait à cette adresse. Intrigué, je fis mon enquête auprès de leurs voisins, mais étrangement personne ne semblait n'avoir jamais connu jusqu'à leur existence…

Etaient-elles des anges ?

JB

Pour la petite histoire, le terrible JB devint chrétien, mais il ne perdit rien de son originalité (des amis à moi qu'il avait rencontrés par « hasarD » à notre retour du camp avaient su toucher son coeur sauvage).
J'ai fait un bon bout de chemin d'amitié avec lui et on s'est perdus de vue. Je ne sais pas trop ce qu'il est devenu depuis...

Bien plus tard, je rencontrai un vieil homme de Dieu aux cheveux blancs. Dans son regard, je reconnus quelque chose de Jésus (il y avait une lueur de pureté, telle l'innocence d'un enfant, humble et en même temps qui semblait pouvoir tout lire en moi...).
A tout hasard, je lui demandai s'il avait rencontré ces demoiselles ; il me dit que oui, mais qu'elles avaient déménagé... mais il ne pouvait pas m'en dire plus... (?)

20 ans plus tard

Que de chemin... voilà tant d'années que je fais des BD. Je croise de plus en plus de gens qui me partagent que la lecture de mes BD a été le déclencheur de la décision de suivre Dieu. L'influence de mes BD, liée aux défis qui les accompagnent, prend une telle ampleur que « ma » petite équipe de prière rapprochée m'a partagé :
– Nous manquons d'effectif...

Je me balade dans la forêt pour digérer cette dernière réflexion ; je me souviens alors des deux « anges » d'Yverdon...
– Jésus, tu ne pourrais pas me permettre de les revoir ?

10 jours plus tard

Elles sonnent à ma porte !
– Bonjour, Jésus nous a demandé de passer.
Nous ne nous reconnaissons pas tout de suite, mais quelque chose dans leur regard m'intrigue, et tout à coup : « tilt ! »
Elles me racontent qu'elles ont dû traverser un long désert... et que maintenant elles sont là, en renfort de prière...

La maison

Le messager

– Un jour cette maison sera tienne!

Telles sont les paroles de Luc, mon ami pasteur, en me désignant l'étrange bâtiment devant moi.

– Mais voyons, Luc... réfléchis! Je suis beaucoup trop pauvre pour me l'acheter! Avec ma famille, nous vivons en dessous du minimum vital, franchement, comment peux-tu imaginer un truc pareil?

Il ne dit rien, mais il a ce petit sourire agaçant qu'ont ceux qui savent quelque chose que tu ignores...

Le retour discret

Les années ont passé et aujourd'hui, l'air de rien, Luc m'annonce:

– Ca y est! « la » maison est à vendre!

Ce même sourire qui lui tord la bouche obstrue ainsi la suite de sa réflexion. Mais celle-ci étant plus forte que lui s'échappe par son regard et me dit :

– Alors? Tu vas l'acheter?

– Râââà Luc! tu le sais comme moi, ma situation financière n'a pas changé, et je...

– Hein ? De quoi parles-tu ?... je n'ai rien dit, moi... !
Il a cet air détaché qu'ont les coupables qui veulent passer pour innocents en sifflotant un air banal. (Pourquoi je n'arrive pas à avoir des amis normaux, moi !?)

Le détour distrait

Le lendemain matin, comme à mon habitude, je planifie d'aller en forêt, mais ce tordu de chemin n'en fait qu'à sa tête et à cause de lui je suis nez à nez avec le bâtiment en question.
Maintenant ce sont mes pensées qui, à mon insu, brodent tout un tricot de fantasmes :
– Mmmm... c'est vrai que ça serait idéal, mon atelier en bas, ma famille juste au-dessus... cool...

PAF ! La réalité qui – comme chacun sait – ne nourrit qu'aversion pour la broderie me gifle de sa logique implacable et me sort de mes rêveries :
– Tu n'as pas un rond ! Okay ?!
Le lendemain, rebelote, le chemin, profitant de mon absence (je suis souvent dans la lune), me dépose pile-poil au même endroit (ah c malin !).
– Bon, Seigneur, mettons les choses au clair ; dans ce monde-ci, ça ne marche pas comme ça, il faut de l'argent pour acquérir un bâtiment... tu comprends ?
Je devine alors qu'Il a le même sourire de connivence que Luc... (ces deux-là me cachent quelque chose...)

Je ne me fais pas d'illusion ; Luc, le chemin, Jésus vont user de complicité pour que chaque jour, moi (et mon justicier distributeur de baffes « réalité ») nous nous retrouvions sur ce même point de départ. Alors affrontons le problème...

Le banquier

Comment kon fait pour acheter une maison? (beuh... ? Instinctivement, je glisse en direction de la banque...) Les médias locaux parlent souvent de moi, si bien que le banquier me reconnaît tout de suite. Au ton de sa voix j'ai l'impression qu'il est convaincu que j'ai dû venir en limousine et que mon chauffeur m'attend dehors ; je lui lance :

– Bonjour, j'aimerais acheter une maison ; vous me prêteriez l'argent?

Il me tend une feuille avec entrain :

– Mais certainement, Monsieur Auderset! Veuillez indiquer votre salaire mensuel sur ce document (simple formalité).

– Mon salaire mensuel? Beuh... ça dépend des mois (la vie d'artiste quoi) ah là là là là ! j'y comprends rien en comptabilité, moi...

Heureusement, j'ai un pote sorcier qui m'aide à remplir la feuille (bah... sorcier, comptable ; c du pareil au même!).

Le vrai banquier

Les chiffres que découvre le banquier ont effacé son sourire bienveillant jusque-là en tous points semblable à celui de la publicité de l'entreprise.

– Heu... ça ne va pas être possible! Pour qu'on vous prête de l'argent, il faut que vous en ayez déjà.

Purée! Je n'y comprends rien à leur logique à cette clique! Leur cravate trop serrée doit empêcher le sang de monter au cerveau... (?!)

Penaud, face à la maison, j'explique à Dieu deux trois trucs qu'il n'a pas dû bien comprendre sur le fonctionnement de l'administration de notre bas monde avant de m'en éloigner avec lui dans la forêt.

Quelques jours plus tard, je reçois l'étrange visite d'un couple âgé qui m'explique qu'ils avaient en projet d'investir dans la Bourse (un truc d'adulte), mais qu'après avoir réfléchi, ils ont trouvé plus judicieux d'investir dans le Royaume de Dieu. Il se trouve que le hasard d'une discussion avec l'un de mes amis les a conduits vers moi...

Bref, ils m'ont prêté CHF 100000.- (soit quelques 125 000 euros) en me disant :

– Tu as 40 ans pour nous les rendre.

Je retourne à la banque mais cette fois je ne passe pas par le guichet, je vais directement frapper à la porte du directeur (finalement, quand je prie c'est aussi ce que je fais, je m'adresse directement à Dieu et pas à un intermédiaire !).
Et il me dit oui pour me prêter le reste.

J'habite aujourd'hui cette maison avec ma petite famille. De la créativité et de la bonne humeur en débordent de partout. En creusant dans la cave, j'ai découvert un panneau « église évangélique ». Ceux qui posèrent les premières pierres de ce bâtiment (dans les année 1800) avaient le projet d'en faire une église, un lieu de culte et de chaleur humaine. Tous les propriétaires qu'il y a eu depuis sa fondation ont chaque fois été des serviteurs de Dieu...
J'ai conservé l'intérieur tel quel, transformant la chaire (le truc à prêcher) en table à dessin et les grandes fenêtres en arrosoir de lumière. Les plantes exotiques tout comme les dessins ont envahi tous les murs.

Loué soit le Roi des rois, le Banquier des banquiers ; ses sentiers sont étonnants pour ses serviteurs les plus simples qui se laissent diriger par lui, Il a compassion d'eux et les bénit en son temps.
Dans ces mêmes temps (rien à voir, mais bon...) :

Willy Grunch (mon personnage BD) gagne le premier prix de la BD chrétienne d'Angoulême !!!
Un prophète (qui passe par là) m'annonce
– Va, je t'enverrai au loin vers les nations...
Et Boum ! les jours qui suivent je suis invité pour la première fois à parler en Espagne et aux Etats-Unis !

Mohamed

Déménager, quel boulot, à croire qu'on ne sortira jamais de ces cartons à ranger.

– Seigneur, tu peux m'envoyer de l'aide ; s'il te plaît ?

Durant la même matinée, une voix me sort la tête de mon fourbi. Un grand Maghrébin adolescent (en vacances dans le coin) se tient dans l'encadrement de la porte :

– Je peux t'aider ?

me demande-t-il aimablement… J'en reviens pas, d'où il sort, lui?

– Euh...bin... volontiers, mon gars....

Après le travail, je lui raconte ma prière de demande d'aide de toute à l'heure. Le grand gaillard se fige sur place et me confie :

– J'ai... j'ai entendu une voix qui m'a dit de venir t'aider, c'est pour ça que je suis là !

Dingue ! Je ne sais pas si suite à ma prière, Dieu a lancé un appel généralisé sur les ondes spirituelles du coin, mais le seul qui l'a entendu, c'est un jeune d'arrière-plan musulman (mais non pratiquant). Encore un cliché qui tombe....

Il est retourné dans son pays ; c'est la révolution là-bas en ce moment ; les soldats tirent à balles réelles dans ses rues...

Il a écrit dernièrement à mon fils :

– Dis à ton père de prier pour moi... et que, quand je reviendrai en Suisse, je voudrais en savoir plus sur son Dieu...

Dire : « J'y arriverai jamais... »
c'est se maudire soi-même.

Sous terre avec papa

Mission 1possible

Juste en dessous de mon atelier de BD, il y a une cave remplie de terre (par endroits jusqu'au plafond !).
J'y creuse de tout mon cœur à l'aide de pioches, de pelles et de brouettes. L'idée est d'en faire un local de musique.

Cela me fait penser parfois à l'immensité de la tâche que j'essaye d'accomplir quand je tente d'atteindre « M. Tout-l'monde » par l'Evangile via mes BD (ou témoigner sur CNN aux Etats-Unis, ou devenir pote avec l'empereur de Chine ou, plus fort encore, réussir à expliquer l'utilité d'un match de foot à ma femme).

Fidélité de tous les jours

Pour être franc, je n'avance pas beaucoup mais je creuse fidèlement tous les jours une à deux heures : j'y arriverai !
Paradoxalement, je me réjouis même de ces moments de sueur car j'écoute la Bible en mp3 ; ce sont des temps privilégiés d'intimité avec mon Père qui est au ciel...
(par « Père » j'entends : Dieu, car mon père « terrestre » ne sait pas encore voler).

Le petit ouvrier

L'autre jour, mon petit Benjamin – il vient d'avoir huit ans – avait fermement décidé de m'aider. Ce petit bonhomme est si motivé à travailler et à discuter avec moi ! Nous nous livrons aussi à une course de brouettes (il gagne toujours !)...
Benjamin, c'est du concentré de bonheur!

Trop petit?

Une seule pelle à papa bien remplie suffit à faire déborder sa petite brouette en bois !
A un moment, il s'arrête et observe que, dans ma brouette à moi, j'en mets bien plus que dans la sienne.
Il tente (pour m'impressionner) de porter la mienne et, après un effort colossal, tout ce qu'il réussit à faire, c'est à la faire tomber.

Mon petit bonhomme semble maintenant dépité :
– Oh ! papa ! ça ne sert à rien ce que je fais, ma brouette est si petite, jamais on arrivera à finir...
Je m'arrête, m'abaisse vers lui et le regarde de toute ma tendresse :
– Benjamin, ce qui est important, ce n'est pas de finir ce travail le plus vite possible... Mais pour moi, c'est juste de le faire avec toi.

Ce que Papa aime, c'est être avec toi.

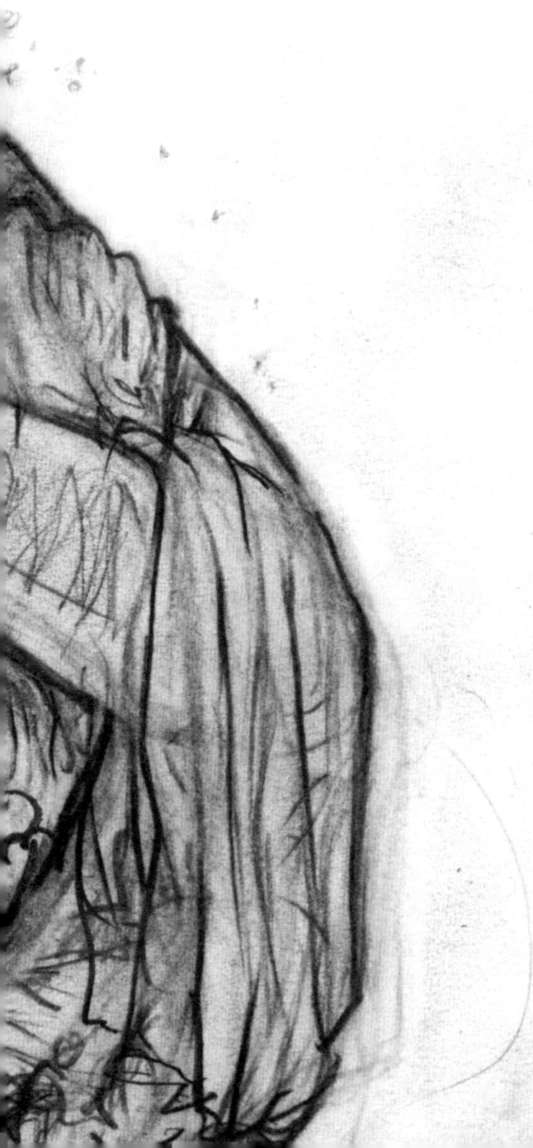

Il m'est arrivé un truc insignifiant !

(Incroyable non ?!)

Armé de pioches et de pelles, je creuse cette fois seul dans les fondations de notre nouvelle maison et atelier. J'aime le faire car en même temps, les écouteurs à mes oreilles me lisent la Bible (je sais, je vous l'ai déjà dit...).
Je suis parfois très ému en écoutant les paroles de Jésus ; j'en suis remué à l'intérieur, un peu comme la terre que je travaille... (mon admiration pour Jésus est... ah !, comment dire... je l'adore !).

J'écoute Apocalypse 21 qui me parle de la maison de Dieu avec des fondations en pierres précieuses...
Je m'arrête :
– Des pierres précieuses !

Autour de moi, il n'y a que de la boue !
Seraient-elles des pierres comme celles que les voleurs de ce monde convoitent !?
Creuse... creuse...
Je me dis que Rose-Marie et Jonathan (ce couple retraité de mon église) qui sont venus aider à l'improviste ma femme à peindre notre futur nid juste au-dessus sont si précieux...
Bien plus que n'importe quelle pierre que l'on trouve dans les coffres-forts de l'UBS !

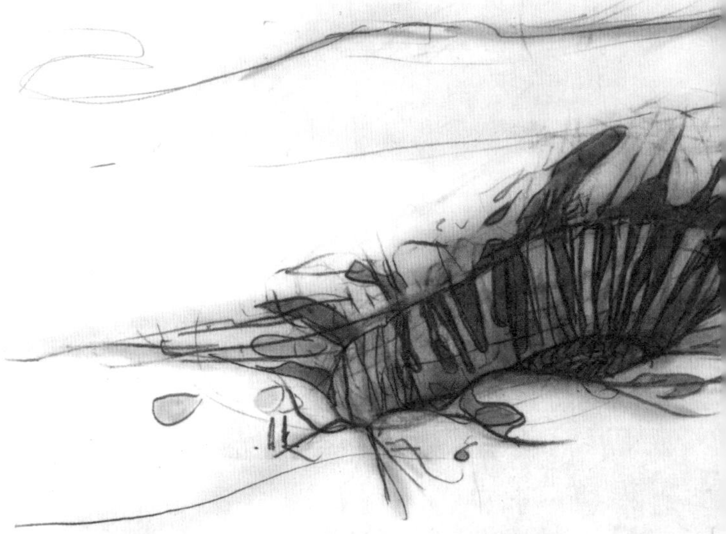

Ce sont peut-être les gens comme eux, les pierres vivantes du royaume des cieux... (?)
Creuse... creuse...
Je me réjouis déjà tellement d'habiter un jour dans la maison du Seigneur...

Le lendemain matin, sur mon chemin de prière totalement recouvert du blanc de la neige, je laisse des traces de boue de ma cave partout où je marche...
Surtout quand je trébuche (et dans la vie, n'est-ce pas à ces moments que l'on remarque le mieux nos valeurs?).
Marche... marche...

– Seigneur, que je puisse faire pareillement dans ma vie: laisser les traces des fondations de ton Royaume...
En arrivant à mon atelier, mes grosses bottes sont propres! Mais je suis sûr que les « Experts » (même ceux de Miami) retrouveront facilement ma maison...

Canarias, un rêve?

Je suis en Allemagne, dans une école face à une foule de jeunes qui m'écoutent attentivement (je ne parle pas superbien allemand, mais je leur donne volontiers le peu que j'ai).
S'il est vrai qu'une « success-story » est toujours stimulante à entendre pour de jeunes loups avides de croquer la vie, je me fais néanmoins un devoir de leur décrire ce que sont mes débuts dans la vie artistique.

C'était bien vos vacances ?

Parfois certains potes me partagent leurs « soucis » de vacances :
– Les hôtels Viva-las-playas ne sont plus ce qu'ils étaient, le savon ne sent plus autant la vanille...
Et à moi (qui aurait rêvé d'aller ailleurs qu'à « Terrasas » ou « Derrièras-las-Maisonsas ») de compatir :
– Eh bin, c'est vraiment l'horreur ce qui t'arrive !

Souvenir d'un temps où, la honte au ventre, je fouillais dans des poubelles d'un magasin pour ramener un dessert à mes enfants… (dates dépassées, mais encore superbons). La joie que cela leur procurait était plus forte que ma fierté.
Je n'aime pas trop raconter cette histoire, car j'ai l'air nul quand mes yeux se mouillent…

Je rentre au pays en voiture le soir même. L'évocation de cette période me laisse un goût bizarre dans la bouche, et j'en parle à Dieu le temps de mon trajet de retour.

Le lendemain matin, un pasteur espagnol me téléphone et m'invite… aux îles Canaries !
J'étais sur le Q (c'est mieux pour tenir assis).
Dieu était dans la salle ! Il a écouté quand je témoignais…
Et, quelque part, j'y vois bien là son humour...
Ces îles ne sont-elles pas recouvertes de touristes allemands ?

Je n'ai qu'un regret (et de taille):
Ne pas pouvoir y aller en famille... (surtout avec Benjamin qui rêve d'y aller un jour avec moi...)
Je ne suis pas encore parti et déjà j'ai l'ennui d'eux...

L'Espagne par la petite porte...

L'espagnol, c'est la langue de ma maman ; je l'ai très à coeur. Des connaissances et la petite famille m'ont aidé à traduire ma première BD. Je frappais alors à la porte de plusieurs éditeurs hispaniques, sans succès. La main usée d'avoir trop frappé, je me résignais à ranger le précieux livre dans un tiroir dans lequel il attendrait son heure durant plusieurs années.
Cette invitation inespérée va réveiller les graines de foi qu'il renferme et enfin ensemencer le coeur des Espagnols qui me sont si chers.
Le pasteur des îles n'a pas beaucoup de moyens, mais c'est tout de même lui qui a sorti mon livre ... et en a imprimé 1000 exemplaires pour l'occasion de ma venue. Il a été porte pour un monde dans lequel je n'existe pas encore.

Dessin tiré de la BD « Marcel 2

Coincé dans les chiottes !

Dans cinq minutes, sur le podium c'est l'instant décisif. Les Espagnols vont m'entendre pour la toute première fois. Malédiction, la porte des toilettes est bloquée ! Je suis coincé dans les chiottes d'une île paradisiaque : tout un symbole !
Rien à faire, le mécanisme a dû se casser de l'intérieur !!
– Youhou ! y'a quelqu'un ?!
J'appelle (mais pas trop fort) mes sauveteurs qui pourraient à l'odeur être déçus de ma vie intérieure… Je sens (spirituellement, je vous rassure) que l'impact de mon intervention sera le début de quelque chose d'important, pourtant cette porte est définitivement condamnée.
Soudain je remarque une petite ouverture sous le plafond; je grimpe, l'air de rien, prêt à dire bonjour à mon voisin (dans le besoin) depuis en haut. Je saute de l'autre côté pour me diriger fissa direction la scène.

Le moment « J » (comme Jésus)

Dans la salle se trouvent presque toutes les églises évangéliques de l'île. Quand je parle, je sens très fort la présence de mon Ami St-Esprit qui impacte le public…
A la fin, le pasteur de la plus grande assemblée de l'île, visiblement très touché, vient vers moi et demain je sévirai dans son église (plus nombreuse encore que toute cette salle) en promettant que l'année prochaine ils seront aussi de la partie…
A ma grande surprise, la porte des toilettes est maintenant grande ouverte… (??!)

Retour à la maison

Que ce soit dans l'avion ou dans le train, j'ai semé l'Evangile à tous ceux qui avaient le « malheur » de me croiser…
Minuit, j'arrive enfin dans mon petit coin de terre…
Toute ma famille est venue m'accueillir ; c'est comme une fête et nous partons même manger une bonne glace.
J'ai beaucoup manqué à mon petit Benjamin qui me serre si fort dans ses bras…

Pour l’anniversaire de ma fille,

Je fais un dessin dans sa chambre!
Chaque heure, nous posterons une photo de l’état du travail

Ok, on a pas beaucoup avancé…c pask’on mange…

(En fond musical dans la salle de musique à côté: un Roumain chante des louanges avec sa gratte)

– Salut, je suis ton créateur! Alors? bien assis? Bon, on est d’accord: je t’ai créé heureux! Tu n’iras pas mettre le Bronx pour te rendre malheureux Ok?! Non paske, je connais un Créateur qui a eu de ces misères avec son oeuvre…. ah là là là là si tu savais…”

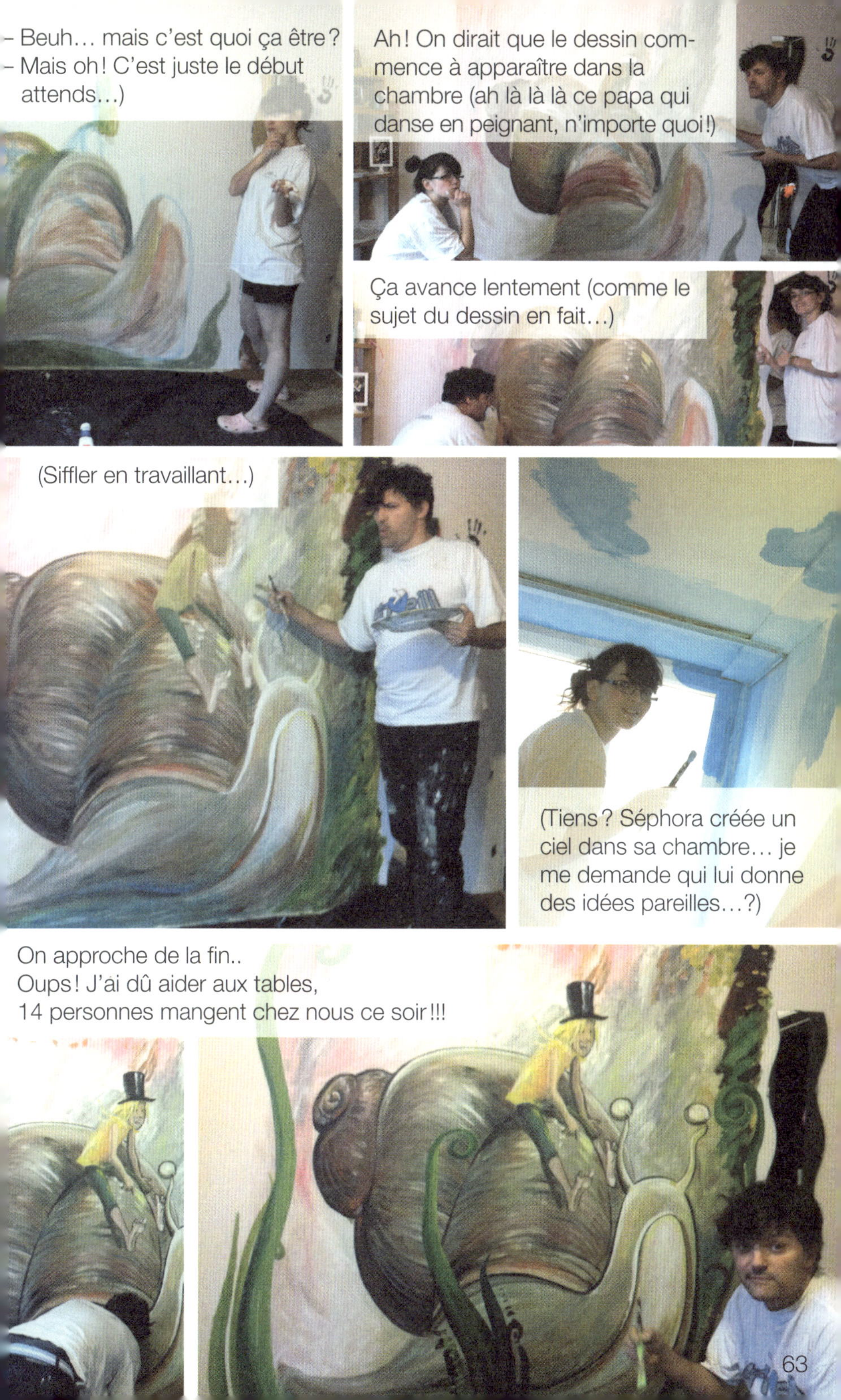
- Beuh… mais c'est quoi ça être ?
- Mais oh ! C'est juste le début attends…)
Ah ! On dirait que le dessin commence à apparaître dans la chambre (ah là là là ce papa qui danse en peignant, n'importe quoi !)
Ça avance lentement (comme le sujet du dessin en fait…)
(Siffler en travaillant…)
(Tiens ? Séphora créée un ciel dans sa chambre… je me demande qui lui donne des idées pareilles…?)
On approche de la fin..
Oups ! J'ai dû aider aux tables,
14 personnes mangent chez nous ce soir !!!

Voilà Séphora,
C'est le cadeau de ton piti papa pour tes 19 ans…

J'aurais voulu, comme le font les autres papas, te donner plein de cadeaux à tes anniversaires (une voiture, un château, des vacances en fusée…), mais voilà, tu as eu une vie de bohème avec des parents artistes…

La vie était néanmoins comme ce dessin ; nous avons toujours été dispo l'un pour l'autre et nous avons partagé ensemble des moments qui rendent la vie passagère inoubliable… le Seigneur lui-même fait partie de la famille… C'était énorme… (et ça va continuer).

Je t'aime, mon petit poussin.

Puisses-tu chevaucher tes rêves ; même si leur réalisation est aussi lente que cet escargot, l'important n'est pas uniquement l'arrivée, mais aussi le chemin…

Papa

Un papa et son fils sur une île...

Les îles exotiques sont pour mon petit Benjamin et moi un rêve lointain et hors de prix ? Qu'à cela ne tienne, nous amènerons les îles chez nous ! J'ai planté quelques graines de citron (trouvées dans un bête citron du frigo) dans un pot de terre dans sa chambre et aujourd'hui plusieurs citronniers, les racines bien au chaud guignent par sa fenêtre ce pays étranger couvert de neige.

Le soir, du haut de son lit, nous admirons notre mini-jungle. Souvent avant de me quitter pour le pays des rêves, mon petit bonhomme prie que l'on puisse aller tous les deux sur une île qui ressemble au poster accroché sur son mur.

Alors imaginez notre joie quand j'ai été invité aux Canaries une deuxième fois, mais cette fois avec lui !

7'000 conversions !

Cette fois, je suis invité à partager mon témoignage sur plusieurs îles. Nous débarquons sur l'île la plus éloignée (la plus proche de l'Afrique), Fuerteventura, (90'000 habitants). Un pasteur influant (et que je n'ai jamais vu auparavant) m'invite à parler dans son immense église (plus de 7'000 convertis).

Il a beau être en costard-cravate, ne m'avoir jamais entendu, me voir avec mes cheveux longs, un bandeau genre « pirate des caraïbes » et les pieds nus, il me donne la parole sans hésiter... (?!)
Je repense à la porte des W.C. maintenant ouverte...

Jésus est « *celui qui ouvre et nul ne peut fermer, qui ferme, et nul ne peut ouvrir* » (Apocalypse 3:7)

Le plus inoubliable

Ce ne sont pas la foule de 1'500 personnes qui m'écoutent, les magnifiques dunes de sable, les gens chaleureux, l'exploration du plus haut volcan, les trajets en bateau d'une île à l'autre, etc. mais juste les moments avec mon fils que j'ai le plus tétra-aimé. (tétra c'est plus que méga !)

On priait ensemble avant de s'endormir :
–… Seigneur, je te remets entre tes mains cette dame qui avait mal au dos que l'on a croisée dans la rue avec papa, car pour toi, même si on donne un coup de pied à n'importe qui c'est comme si on frappait la prunelle de tes yeux (j'étais scié par la profondeur de ce petit bonhomme…).

A toute heure, sur ces magnifiques bords de plage, vous pouvez nous croiser à la table d'un bistro en train de dessiner et de discuter vivement.
Benjamin met le crayon à l'oreille comme moi et dit volontiers à qui veut l'entendre, que, grand, il fera pareil que son papa...

Je suis si fier de pouvoir lui transmettre le peu de sagesse que j'ai à disposition, il croit sincèrement ce que je dis et je m'en sens réellement valorisé. Il a peur pour moi chaque fois que je mets un pied hors du trottoir. Je suis toujours attentif pour savoir s'il passe un bon moment ou non.

Parfois nous nous sommes demandé mutuellement pardon pour des broutilles (ce ne sont pas toujours QUE les enfants qui ont tort). Souvent nous avons ri aux éclats. Nous avons engrangé ensemble des trésors de souvenirs complices que nous serons seuls à partager sur cette terre... Nous avons rempli nos poches de graines inconnues trouvées dans un jardin botanique, bien décidés à définitivement changer notre maison en Suisse.

Je comprends encore mieux pourquoi Jésus a si souvent insisté pour nous dire que Dieu est un Père pour nous.

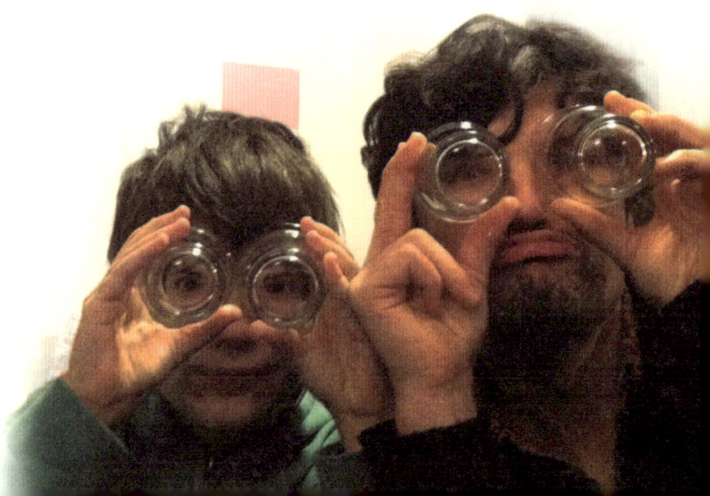

Retour au champ de bataille

A l'atelier, je suis plongé à fond dans un stress quasi insupportable (heureusement que des amis m'aident). Toute la semaine, je dégainerai mon phone pour affronter les plus grands journaux et je monterai à l'assaut de la muraille des médias pour annoncer la sortie de ma nouvelle BD. Purée, quel contraste...

Mais en face de moi, je vois le petit bananier ramené par mon fils depuis les îles et je me rappelle que tout ça était bien réel.

Ce que Papa aime,
c'est être avec toi.

La sagesse du bananier

J'ai un bananier dans mon atelier.
(normal pour un atelier de BD...)!
A chaque fois que je le transplante dans un pot plus grand, il grandit jusqu'à ce que ses racines terminent d'investir le nouvel espace de terre...
(Aaaarg... STOP ! Arrête de grandir!)

Pas de racines, pas de fruits

Ce qui est vital dans un arbre, c'est ce qui ne se voit pas... Chez nous, les humains (pour les girafes, je ne sais pas trop...) c'est l'intimité avec Dieu!
Plus tu étendras ton temps de qualité quotidien avec lui (pas juste: « je prie quand ma femme conduit » ou « en même temps que je me brosse les dents »)...
Plus tu grandiras... Et plus t'auras de bananes dans ta vie (et les bananes... c'est trop bon!)!

Aujourd'hui, je marche à nouveau dans la forêt...
Mon chemin est toujours là (Tout à coup qu'il se serait cassé au Bahamas durant la nuit...)!
Le matin, en parfaite complicité avec la rosée, habille les rebords du chemin d'un brillant étincellement!
Je ne demande rien à Dieu...
sinon d'être plus proche de Lui...
« Toute plénitude habite en Jésus »
1 Colossiens 19 (un passage de la Bible)
Conseil « vision futée »: T'AS JÉSUS, T'AS TOUT!!

Soudain, sur mon chemin, je vois quelque chose d'étonnant: de grosses racines apparentes...
...ça me donne la pêche et je prends un sourire « banane »!

PS: J'ai planté plein de baobabs (c'est l'un des plus grands arbres au monde!) partout dans mon atelier, mais je ne sais plus où... Bah, ce sont de toutes petites graines.... Aïe! j'ai l'impression qu'elles ont aussi un truc à me dire...
... Avec toutes ces plantes à la langue bien pendue autour de moi pendant que je fais des BD,
c'est la cacophonie!

Vue de mon bananier aujourd'hui : (il a eu un bébé!!)

Prie(orité):

Je me promène pour prier mais je me mets la pression et me parle à moi-même:

– Yo Alain, faudrait plutôt que j'aille bosser, j'ai tant à faire…

Et Dieu se mêlant de notre conversation :

– Ainsi parle le Seigneur, le Saint d'Israël: Votre salut est dans le retour à Dieu et le repos, votre force est dans le calme et la confiance...

Et la suite qu'on oublie souvent de lire :

– ... mais vous ne voulez pas. Vous dites: « Non, nous fuirons à cheval », eh bien! vous fuirez. « Nous prendrons des chars rapides », eh bien! vos poursuivants seront rapides.

Mille et un seront sous la menace d'un seul. Sous la menace de cinq, vous prendrez la fuite, jusqu'à n'être plus qu'un signal au sommet d'une montagne, un étendard sur une colline. (Esaïe 30,verset 15-17, belle définition du stress, non?)

Et au même moment, un pote m'envoie le même verset par e-mail, (genre, pour le cas ou j'aurais pas bien saisi…)

Donc ce jour et les suivants, je prends le temps. Désolé pour le côté simplet que peut paraître ma réflexion mais: Le boulot a été fait encore mieux que d'hab (quelqu'un est même venu m'aider à la compta) et en plus dans la paix… Le temps de qualité avec Jésus n'a pas de prix et il est à portée de tous...

Un simple gars avec un simple CD

Un simple CD !

Lors d'une de mes tournées en France, je rencontre un évangéliste* (*chrétien totalement allumé annonçant l'Evangile par tous les trous !) et sa femme.
Quand au hasard de la conversation je leur dis mon nom, ils se taisent (ça fait du bien, mais c'est inquiétant...)
Leurs regards figés sur moi retiennent une vive émotion que je ne m'explique pas:
– C'est vous !? Le gars du CD, c'est vous ?!
– heu... j'ai bien un CD avec mon témoignage de vie, mais j'...
– OUI, c'est lui !!!
insiste la compagne de mon interlocuteur qui brandit le CD quelle trouve sur mon stand.

Maintenant solennel, l'homme me regarde droit dans les yeux :
– Voilà des années que je témoigne aux rejetés de la société, les drogués, les homos, les parias, les prostituées, les vendeurs d'auto, les violeurs, etc…
Je leur parle de l'amour de Dieu pour eux et chaque fois je leur donne ton CD.…Plusieurs se sont convertis* !
(Converti : c'est reprendre sa vie à zéro avec Jésus, faire un reset coa)

Historique du CD

J'ai filé à un gars de passage à mon atelier, l'un des dix exemplaires du CD que j'avais reçus à la sortie d'une église ou j'avais parlé, (ils ont eu la bizarre idée de m'enregistrer). Il l'écouta dans sa voiture et arrivé chez lui, me rappela aussitôt :
– J'ai ri et j'ai pleuré, je veux que plein de gens puissent l'entendre aussi !
Et il finança le pressage de 5000 CD!
(... et c'est ainsi que ce bête CD avec le témoignage d'un simple gars devint graine de vie...)

Il me raconte qu'il y a de ça 4 ans, dans la ville d'Argenta (en Normandie), il avait donné ce CD à un dealer. Après l'avoir écouté, toutes les larmes de son corps s'échappèrent de leur prison émotionnelle et par une simple prière, il donna sa vie à Dieu.
Il prit les 50kg de drogue qui lui restaient, partit avec pour se livrer au poste de police le plus proche et leur remit aussi 25'000 Euros qu'il avait sur un compte.
Les policiers n'en croyèrent pas leurs yeux, ils lui conseillèrent de prendre un avocat car il risquait de s'en prendre pour 6 ans ! mais il leur rétorqua :
– Non, c'est Jésus-Christ qui sera mon avocat.

Il eut 3 mois avec sursis.
Le juge, impressionné se convertit aussi.
Aujourd'hui, le gars est engagé dans une église d'une autre ville de France. Barge, non ?

La rosée du matin

En quittant la maison ce matin, j'ai eu l'impression d'être enlacé grave dans un imbroglio de racines de problèmes insolubles... J'emprunte le sentier qui pénètre dans cet immense temple qu'est la forêt et qui me conduit aux pieds de son Dieu.

– Seigneur, je ne vois plus aucune issue à ma situation, sinon de te faire confiance simplement...

J'ai dû prendre un autre chemin que d'hab car je me retrouve dans une magnifique prairie au sommet d'une colline verdoyante.

De là, j'admire au loin le soleil filtrant un jour nouveau à travers les vapeurs s'échappant des vastes champs de la vallée (c'est beau, hein ?).

Je réalise qu'autour de moi la nature germe de centaines de milliers de nouvelles pousses. Une paix telle la rosée se pose doucement sur moi...

Bonne nouvelle:
La paix ne dépend pas des circonstances...

Paris aventure

Dans la folie d'un fleuve

2h00 du mat et déjà je fonds sur Paris avec le sentiment d'être emporté dans la tourmente d'un fleuve. Après avoir déposé quelques stoppeurs j'arrive à destination, une salle remplie de 3'500 personnes avec retransmission vidéo via le net à plus de 10'000 connections en direct. Des rencontres avec des orateurs connus (que je ne connais pas) et moi, (que je connais) passant inaperçu avec une mission bien particulière : dessiner en live sur grand écran en même temps.

Hop-là boum

Je réalise très vite que ce que je fais est novateur. En effet, rien n'est prévu pour moi ! Je ne me laisse pas démonter, j'improvise la conversion d'un flycase d'ampli en table à dessin, je pendouille une sorte de caméra au bout d'un scotch de fortune qui traînait par là, transforme une sorte de gril à merguez en un spot lumineux.
Ce qui me sert de tête est à un mètre d'un gros box permettant aux personnes du fond de la salle d'entendre fort distinctement un pet de fourmi.... (ma consolation : l'odeur ne sera pas amplifiée !) Je me tiens debout, dessinant en équilibre sur mon installation de fortune.
Le moindre de mes traits est retransmis sur grand écran durant les 3 jours. Mais je sens la présence de Dieu qui par moments se saisit de mon crayon, créant les plus belles improvisations esquissées. Je me sens tel un récepteur hypersensible à l'Esprit soufflant dans la salle et retranscrivant en image toutes ces effluves captées, tout particulièrement durant le temps de louange.

Le temps des apôtres

Je lève les yeux, et je suis le témoin silencieux de la venue soudaine et spectaculaire du Saint-Esprit de Dieu sur la foule...On se croirait revenu au temps des apôtres décrit dans la Bible : des malheureux sont guéris de maladies incurables, des démons (vi vi vous avez bien lu) ne supportant pas l'ambiance céleste sortent de plusieurs personnes en hurlant (ça fait peur !) et des paroles de connaissance s'adressant à des personnes en particulier dans la foule et d'une précision détaillée sont données. Et, placé comme je suis, ça n'a pas manqué, je me suis ramassé une prophétie en pleine face par l'orateur principal, disant des trucs de ouf que Dieu a prévu de faire avec moi (C'est bête, je suis tellement surpris que du haut de la scène on s'adresse à moi que je n'ai rien capté...).

Ce que j'aime le plus dans ces big rencontres, ce sont encore les coulisses, loin de la scène. A ma grande joie, je constate que la sincérité des intervenants est la même que sur scène.

Dessin tiré de la BD «Willy Grunch»

pour ceux qui aiment lire en petit :

Dans la foulée, on m'invite entre deux réunions à parler à deux cultes de suite à Belleville. De là, je suis direct catapulté à l'église chinoise. Une « coïncidence » - à donner des frissons dans le dos - a fait que j'ai logé dans la même banlieue et grâce à ça j'ai pu y être à l'heure !

Face à une foule en devenir

Bonjour le contraste, je quitte la foule et me retrouve l'orateur d'un groupe d'une quinzaine de jeunes. Une pensée très forte me tombe dessus :

– Vous êtes des graines et des champs sortiront des personnes présentes dans cette salle.

Ca eu l'effet d'un détonateur, particulièrement pour une des responsables, qui avait reçu exactement la même parole…

Encore plus petit !

il y a une jeune Vénézuélienne qui m'aide en ce même temps à l'atelier, le truc de ouf, c'est qu'on a réalisé que la responsable qui m'a invité était il y a de ça 10 ans, sa voisine à Caracas,

(Caracas : 6 millions d'habitant, Paris et banlieue idem..)

Là, par exemple, c'est inutile de déchiffrer, car ça ne veux rien dire…

La porte sur le côté…

Je sors pour fuir l'incessant brouhaha de la foule. La douce mélopée du bruissement du feuillage de la forêt me manque. Un mur de haie longe le chemin qui conduit à l'hôtel. Soudain, mon regard croche sur une discrète petite porte en grillage encastrée dedans, un passage... Je regarde à gauche, à droite, personne, ma curiosité me pousse prudemment dedans (ce n'est pas moi, c'est elle!) Et là : surprise ! En plein cœur de cette ville stressée, je me retrouve directement dans l'intimité de la présence de Jésus au beau milieu d'un vaste stade de rugby verdoyant, entouré de nature et de chants d'oiseaux... Est-ce bien réel ? Des lapins en liberté gambadent dans les fourrés (!!? bah, faut pas chercher à comprendre...)

J'ai fait le plein de **Sa tendresse**.

dessin tiré de la BD *Willy Grunch*

Le soir, les responsables de la rencontre me donnent 3mn pour parler à la grande foule. 3mn c'est peu, mais devant 13'000 personnes c'est beaucoup... Que leur dire en si peu de temps ?
Mais le plein reçu dans mon face à face avec le Seigneur des lapins (et accessoirement de l'univers) dans l'après-midi déborde de mon coeur et malgré la grandeur de la salle il la remplit jusqu'au plafond...

Fin de soirée, je suis crevé, tout le monde s'en va, désertant petit à petit la grande salle. Comme bien souvent, je suis l'un des derniers à quitter le bateau.
Je reste seul avec mes pensées à ranger les BD présentées sur mon stand. Au résultat médiocre de mes ventes, je m'interroge sur mon utilité et mon impact réel....
Mais quand je relève la tête, je me retrouve nez à nez avec un modeste groupe de jeunes venu exprès me voir, visiblement bouleversés, ils me remercient avec effusion.
Une jeune fille, les larmes aux yeux me dit :
– Les trois minutes où tu as parlé, c'est ce qui m'a le plus touché de tout le week-end...

Le plus grand que tu puisses donner, ce n'est pas ton travail (même s'il est pour Dieu) mais Jésus lui même…

A la naissance, peu nous importe d'être défavorisé ou comblé (on s'en fout d'être pauvre ou riche, noir ou blanc, infirme ou en santé, intelligent ou pas...). Seul compte l'amour de nos proches.

En grandissant, on devient difficile.

La prédication du siècle

Mon pasteur, ce héros

Le nouveau

Dimanche passé, ça aurait dû être un culte comme un autre. J'étais debout à l'arrière en train de louer Dieu les bras en l'air, quand tout à coup je remarque un « nouveau ». Il entre et s'assoit à l'avant.
Jusque-là rien d'anormal.

Mais... il bouge !?

De temps en temps, j'ouvre un œil (histoire d'être sûr qu'on n'a pas été transtéléporté au ciel : on ne sait jamais !)
Tiens... ?!
« Le nouveau » est près de moi maintenant. Il est petit, a les yeux bleus me fixant avec insistance et les cheveux blancs courts. Il est en train de serrer les mains des gens autour de moi.
Moi, j'ai toujours les bras en l'air (un peu comme si je cueillais des pommes) et un air adorateur savamment étudié, je suis tranquille.
Tiens... ?!

Le petit bonhomme n'est plus là (sauvé), mais que vois-je ? Il est maintenant dans les rangs de devant et... Aaah ! catastrophe, il s'allume une clope (une clope dans une église !!! Mon côté chrétien en ramasse un coup...) ! Apparemment une grande discussion s'ensuit avec Luc (mon ami pasteur). Rââââââ ! cette louange ! impossible d'entendre ce qu'ils disent !

Dessin tiré de la BD *Idées reçues 2*

Je rouvre un œil (l'autre cette fois, il faut varier un peu). Je sursaute: le petit bonhomme est de nouveau à côté de moi en palabres avec le pasteur qui l'a suivi (ben ouais, on n'en a pas un pour devant et un pour derrière).

– Pourquoi, vous ne me laissez pas aller tout devant?!

Et le pasteur (qui n'est pas la moitié d'un imbécile) de répondre:

– Ah! tu veux aller devant, pas de problème ; j'ai une place d'honneur pour toi.

Le pasteur l'emmène au premier rang (réservé aux invités) à côté de lui.

Mais... ils partent!?

Plusieurs fois, il le prend dans ses bras, si bien que je me demande si le petit bonhomme n'est pas un proche de sa famille.

Deux chants plus tard, je vois le gars qui prend la porte de sortie, suivi par le pasteur deux refrains plus tard.

Je n'y tiens plus, faut que j'aille voir ce qu'il en est... Arrivé devant la poignée, je réalise que mes bras sont toujours en l'air (mais étant pas mal futé moi aussi, je les baisse pour pouvoir l'ouvrir!) je rigôôôle! j'arrive très bien à ouvrir avec les pieds.

Dans le hall d'entrée de l'église, plus personne. Je sors et remarque qu'à la gare d'en face, Luc s'est assis à côté de lui pour lui parler et lui expliquer qu'il ne doit pas se sentir rejeté...

Je retourne à ma place de louange ; le chant se termine à peine que les deux reviennent et se rassoient de nouveau devant.

Mais... ils parlent devant !?

Puis vient le moment où le pasteur prend la parole:

– Il y a ici Pierre qui insiste et qui aimerait vous dire quelque chose.

J'y crois pas, il lui donne la parole?! l'inconnu fier d'avoir un micro s'exclame:

– Euh, je voulais vous dire que je vous aime tous, merci.

Et il se rassit (ça n'avait pas beaucoup d'impact, quelqu'un qui ne te connaît pas qui dit qui t'aime bon...).

Pendant la sainte (s)cène, Pierre entonne un chant chrétien suivi d'un autre moins connu en nos milieux :
– Du rhum, des femmes et de la bière nom de Di…
Luc réussit tout juste à détourner l'attention de l'assistance…

De la prédication de mon ami pasteur ce jour-là, je ne me souviens plus trop des paroles, (vu le titre, c bête hein !?) Mais j'ai vu l'attitude d'un pasteur au grand cœur, si attentif à ne pas froisser un total inconnu. Et c'est l'une des plus belles prédications que j'aie jamais vue.

L'église ou je vais le dimanche à St-Imier…

Une tour qui s'effondre !

Mon éditeur anglais m'a dit qu'il n'allait plus réimprimer mes BD…
Sur 8'000 BD, il lui en reste environ 2 600, je vais voir si je peux les racheter… aïe !

Je me refuse à me résoudre que tout s'écroule ; je continue de croire que des millions (pour commencer) de personnes vont trouver Jésus avec ces BD.
Seigneur, que si cette porte se ferme, ce soit pour qu'une autre plus grande encore s'ouvre ailleurs…

Les potes de David:
– Tu es fou ! Te battre contre Goliath?! Mais il est trop énorme!!!
David:
– Cool, comme ça je ne pourrais pas le rater !

Jeunes padawans

Un jeune chrétien a réussi à me faire entrer dans son école de BD. J'ai pu témoigner à toute sa classe malgré le prof visiblement mal à l'aise que l'on parle de Dieu dans sa classe aussi librement.
Par contre, les élèves avaient l'air tous vraiment touchés.

Ces derniers temps, je rencontre de jeunes chrétiens talentueux me disant vouloir marcher sur mes traces (va falloir que j'essuie mes pieds, dis donc !).

J'ai eu beau leur expliquer ce qu'est une vie avec des privations, des moqueries, des incertitudes, des combats impossibles, des pots d'encre renversés,que le choix d'aimer Jésus et les perdus était un choix de souffrance, qu'un soldat mort à lui même est le seul qui fasse peur à l'ennemi...
Rien n'y fit ! je n'ai pas réussi à les décourager (tant pis) ! Alors j'ai prié pour eux...

Sauras-tu entendre l'appel du fiancé?

Waow ! Je reviens tout droit de ma balade en forêt. J'y ai marché avec l'Eternel des Armées en personne ! Nous avons parlé de stratégies pour toucher le monde et de sa fiancée l'Eglise (c'est vous… et Il vous aime tant…). J'ai eu des visions, pris des chemins où je n'avais encore jamais marché et la forêt profonde m'a livré des parfums secrets que je ne connaissais pas.

Les paroles de mon Maître (contenues dans la Bible) travaillent en moi et produisent un effluve d'admiration méritée pour l'être d'exception qu'Il est.
Je sens une force impressionnante et douce à la fois circuler en moi, jusqu'au bout de mes doigts…

Oui, quelles que soient l'opposition et les moqueries de ce monde contre la foi simple,
Oui, quelles que soient les tribulations à venir, la puissance dépravée des grands d'ici bas...

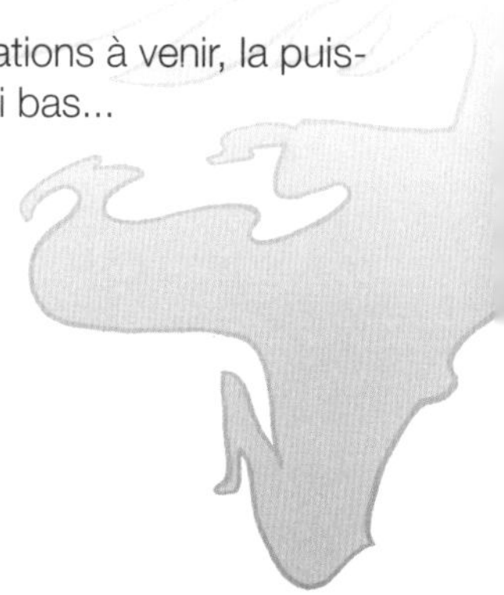

Dire : Je veux pouvoir d'abord profiter de la vie avant de suivre Dieu, c'est n'avoir rien compris à ce qu'Il est, ni à ce qu'Il donne.

... Je suis avec **L'Eternel des armées** qui me porte,
C'est lui qui mène la danse, qui aura le dernier mot, c'est lui le Maître des univers (connus et inconnus) et des temps, c'est lui mon Ami…

Voilà un peu de ce que j'ai vécu ce matin…
Voilà ce que peut-être tu rates quand tu dis :
– Je n'ai pas le temps...
Que ce soit dans la forêt ou dans le secret de ta chambre, le Seigneur t'y attend maintenant…

A la soirée New-Age:

Avant moi, il y a eu un chef des Jivaros réducteurs de tête qui est passé (glubs !).
L'endroit est fantastique, décoré par des artistes qui ont donné libre cours à leurs instants de folie. A ma petite rencontre, Il n'y a qu'une quinzaine de personnes, mais curieuses de comprendre quelle est cette force tranquille présente dans la salle...

Alors que je parle, je sens très fort que cette femme en face de moi, une médium connue est visitée par un Esprit beaucoup plus grand que ceux qu'elle a accueillis jusqu'à ce jour.
A la fin de mon partage, elle s'approche de moi et me dit avec de l'émotion dans la voix :
– Pour la première fois dans ma vie, j'ai compris le message d'amour de la Croix.
Le Saint-Esprit est si présent dans la salle, que tout le monde est touché par lui.
(Merci à ceux qui prient pour moi lors de mes «raids»)

L'orage de l'Esprit !

Témoignage reçu par courrier

– J'ai fait lire trois de tes BD à un ami. Il les a lues en un soir. Puis il s'est mis à lire la Bible, des passages que je n'avais pas encore lus... et m'a posé des questions... auxquelles je ne savais pas répondre... je lui ai donné alors un livre aussi sur les grands principes et bases de la Bible... il l'a déjà lu...

Lors d'une balade près des « trois croix » sur une colline proche de Nolay en Bourgogne, qui est érigée exprès pour se remémorer l'œuvre de Jésus sur la croix, il m'a pris par la main et a voulu que je monte vers la croix du milieu alors que l'orage arrivait et qu'il commençait à pleuvoir... Il était décidé et il me faisait peur, il avait l'air grave, sérieux... Je m'attendais à tout... et là... assis au pied de cette croix, il s'est mis à pleurer et s'est converti...

Je ne savais que dire, que faire, j'étais tétanisée de joie, de bonheur, d'amour... Je voulais que tout soit bien, que mes mots soient ceux que Dieu me donnent... J'ai prié en moi, j'ai prié à voix haute, j'ai un peu bégayé... On s'épaulait et, pendant la prière, le vent soufflait fort, la pluie est tombée, l'orage était là avec les éclairs (j'ai peur de l'orage) et la grêle s'est mise à tomber... On était en tee-shirts, on n'a pas bougé, on a continué...
Quand on a fini, tout s'est calmé, l'orage est parti plus loin, le vent (de l'Esprit ?) nous réconfortait, une paix m'a envahie...
Je ne sais pas toutes les impressions qu'il a pu ressentir, mais l'essentiel était là, était fait... Il a commencé une nouvelle vie, la Vie...

Anne

India

En Inde tu iras...

A l'aube de la sortie de ma première BD, à une époque où je dessinais encore sans la lumière des flashs des journalistes et que l'idée de m'inviter à parler face à un public ne serait venue qu'à un organisateur désespéré, un homme me téléphona. Cette voix (ainsi que la personne à qui elle appartenait) m'était alors totalement inconnue. Il m'annonça entre autres choses qu'il avait eu une vision de moi en train de parler à des milliers de jeunes et que (comme ça, en passant...) Dieu m'enverrait un jour en Inde... (?...okaaaaay... merci d'avoir appelé).

La découverte d'un billet d'avion pour l'Inde dans ma boîte aux lettres dix ans plus tard me laisse pantois. Simultanément, mes souvenirs déposent eux aussi dans la boîte aux lettres de ma mémoire les circonstances des événements décrits précédemment. Je croyais pourtant l'avoir perdue dans les annales de mon cerveau aussi bordélique que mon bureau (ce qui veut tout dire!).

L'étrange expéditeur du billet est une mission du nom d'« Empart »... Tiens?...Il y a quelques mois, j'étais invité pour dessiner de concert avec le discours d'un orateur indien. Nous avions tous bien ri, car je l'avais caricaturé sur grand écran et il m'avait lancé cette vanne depuis la scène :

– Toi, mon gaillard, tu ne perds rien pour attendre !

L'invitation vient de lui ; je téléphone au responsable de mission basé dans mon pays pour en savoir plus :

– Euh... pourquoi voulez-vous que j'aille en Inde ? Qu'attendez-vous de moi ?

– On aimerait juste que tu viennes pour que tu sois influencé par ce que tu y verras...

– ... et c'est tout ?!

On ne me demande pas d'être orateur, de repeindre les façades avec des Mickeys, de creuser un puits ou de sauver des otages (et c tant mieux paske j'sais pas trop comment qu'on fait !)... mais juste de venir !?!

On est où, là !?

Dès la sortie de l'aéroport, je suis accueilli par cette odeur particulière (épice et pisse) et ce brouillard permanent (poussière et pollution), qui tels les vendeurs en bord de rue ne me lâcheront plus d'une semelle. Le spectacle qui s'impose à mes yeux est complètement déstabilisant. Râââ !!! C'est sûrement cet empaffé de pilote qui a dû passer un couloir spatio-temporel !! Ce que je découvre me donne l'impression étrange d'avoir reculé dans le temps. Mais différent du continuel espace-temps qui a été le nôtre, car dans celui-ci plusieurs aliens vivent en connivence avec les humains ! Des types avec des turbans énormes sur la tête, d'autres coupés en deux se déplaçant à l'aide de leurs bras sur une planche à roulettes, des femmes magnifiques revêtues d'arc-en-ciel...

Circulez, y a tout à voir !

Dans la rue, c'est pas mieux : une abondance de gobelets de yogourts géants au nombre de roues aléatoires servant de véhicules grouillent sur la chaussée. La voiture anglaise tout droit sortie d'un autre siècle qui me sert de taxi glisse tel un bateau massif dans les cascades d'un fleuve de véhicules hétéroclites à la vitesse du courant de circulation. Ici, les conducteurs sont complètement libérés de la contrainte des règles de circulation les plus primaires. Quand le taxi s'engouffre dans le sens inverse de l'autoroute pour gagner quelques minutes inutiles, je reste cool (mon cerveau s'est mis en mode : bah ! de toute façon, tout cela ne peut pas être réel !)

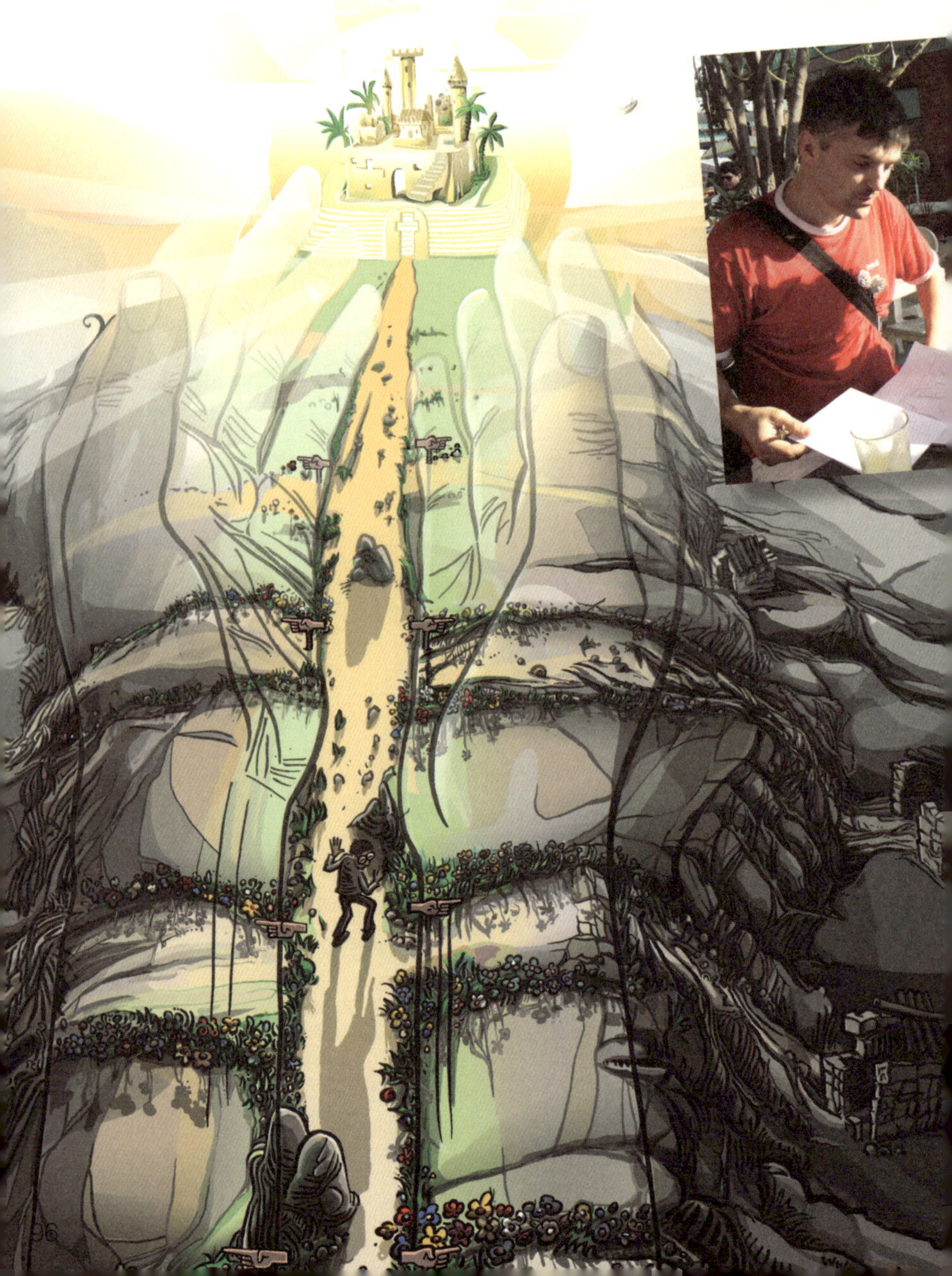

Des larmes, c'est rien…

A peine le taxi m'a-t-il déposé que déjà il disparaît, happé par l'affluence de la circulation. Autour de moi, il n'y a que des gens ; il y en a partout et tout le temps. Ils passent, vendent, fixent le vide, dorment à même le sol (à moins que ce soit un mort). La misère sous toutes ses formes habite ici. Il y a une telle soif d'espérance qu'on est prêt à prier même n'importe quel objet, arbre, statue dans l'espoir d'y étancher sa soif de Divin. C'est un monde oublié des chrétiens bien pensants et, partout, je vois tellement de gens perdus… tellement…

Tout au long de cette première nuit en Inde, des éclats de bruits de rue grimpent le long des parois pour s'infiltrer par les fenêtres mal isolées de ma chambre d'hôtel et chatouillent mon sentiment de sécurité occidental.

Devant l'ampleur de cette misère qui m'a frappé au visage, je suis totalement démuni. Seul, assis sur mon lit, je prie pour ce pays. J'ai le cœur brisé, il n'y a rien que je puisse leur apporter sinon mes

Lors de ma première nuit en Inde, j'ai une idée de dessin qui permettrait de présenter Jésus à quelqu'un qui ne sait pas lire et n'aurait pas dans son bagage la culture occidentale chrétienne en option.
L'Esprit du créateur symbolisé par ses deux mains indique le chemin à celui qui désire vraiment trouver la voie. Cela demande d'être attentif aux signes et à Sa voix qui chuchote dans le brouhaha du monde à celui qui est sincère.
Cela demande d'avoir le recul que donne la sagesse pour se rendre compte que les petits chemins faciles que la société nous propose tout au long de notre chemin sont attrayants, bien vendus, mais que leur fin est la ruine. (Image tirée de la BD *Idées reçues 3*

Ici, une foule de gens attendent pour aller au WC public (enfin je crois).

larmes qui perlent le long de mes joues pour eux… Jésus, mon maître, silencieux mais présent au pied du lit, saura peut-être en faire quelque chose… (?)

Voyage au bord du monde

Dès que les responsables m'ont rejoint, le vieux cliché du missionnaire blanc au casque colonial s'est fait la malle. Ici, la mission est gérée par et pour des Indiens… Ce sont eux qui me guident à travers la jungle humaine de ce pays jusqu'a notre prochain rendez-vous. Nous voyageons en science-fiction (ou en train, c'est pareil !). La porte du vieux train fatigué est grande ouverte et je m'assois comme au bord de l'eau pour tremper mes pieds dans le vide juste au-dessus du sol qui défile. A tout moment, je m'attends aux remontrances d'un contrôleur derrière mon dos qui avec son accent suisse allemand, me dirait :

– Nein, verboten (interdit) ! Ça on ne peut pas faire !!

Mais non, ici les gens ne sont pas infantilisés, c'est cool. (Peut-être qu'en Suisse nous ne sommes pas si libres qu'on le prétend…?) Au bord des voies de chemin de fer des gens, toujours des gens… Que font-ils? Ils regardent le temps passer? Ils me sourient volontiers et je vois bien que ça vient du coeur… (Cette fois c'est sûr : je suis sur une autre planète !)

Nous passons devant une décharge publique qui n'en finit plus, des gens y défèquent sans aucune gêne. A un jet de pierre plus loin, un enfant affamé cherche sa nourri-

ture quotidienne dans les gravats malodorants. Devant une cabane de fortune, construite à l'aide des matériaux jonchant le sol, toute une famille m'observe, silencieuse. Voilà comment vivent la majorité des habitants de ma planète ! C'est insupportable. Heureusement que mes larmes me troublent ma vue.

La rage au coeur, je me saisis de mon crayon et leur dessine comme dans un cri de désespoir :

– Vous n'êtes pas oubliés !! Vous êtes précieux, Dieu vous aime, son Fils est né parmi vous !!! Courage!

(Un jour mon dessin leur parviendra...)

Persécutions

Le centre d'accueil de la mission est un oasis de paix tangible, libéré de l'oppression latente que l'on ressent un peu partout ailleurs. En plus d'être notre lieu de rendez-vous, c'est aussi celui des responsables d'église venus de tout le pays. Certains ont dû affronter des distances démesurées pour y parvenir.

Dès mon arrivée, on m'a recommandé la discrétion car, même si l'Inde se targue d'être le plus grand pays démocratique du monde, la liberté d'expression est toujours assise en salle d'attente. Les hindous croient aux

castes, les personnes « mal nées » ne sont même pas considérées comme des animaux, elles endurent avec acceptation mépris et esclavage. Ce n'est pas d'argent, mais d'un changement de mentalité qu'ont besoin les pauvres pour s'en sortir. Quand ils apprennent que le Fils de Dieu en personne les aime et a pris leur condition, qu'ils sont inestimables à ses yeux, leur vie change radicalement et se libère de la fatalité. N'étant plus condamnés à être une caste inférieure, ils se prennent en main. Les hautes castes, outrées de perdre une main-d'oeuvre gratuite, poussent les fanatiques religieux hindous à la révolte.

5 000 chrétiens de la région d'Orissa ont vu leurs maisons brûlées, leurs femmes violées et leurs pasteurs sauvagement tués à coups de couteau. Les familles qui ont pu s'échapper ont trouvé un « abri » dans la jungle. Mais celle-ci est habitée par d'autres prédateurs tels que le tigre et la maladie...

Les responsables des différentes communautés se consultèrent : devaient-ils prendre les armes pour se défendre ?

Tous, d'un commun accord, optèrent pour la non-violence qu'enseigne le Christ. Et ils décidèrent de pardonner...

La rencontre des 1000

Sur la scène, je suis face à plus de 2'000 yeux de pasteurs (deux par personne !) scrutateurs et curieux de voir ce que le petit Suisse des montagnes va bien pouvoir leur dire. Le public est composé en grande majorité de jeunes, parmi eux, certains viennent d'Orissa et sentent encore la fumée...

Je leur partage ma rencontre avec Jésus, ce grand Artiste qui de rien fait des merveilles, ainsi que l'histoire de mes ridicules petites larmes versées pour eux... Alors que je parle, une musique résonne (et raisonne) dans ma tête. Un vieux cantique démodé que je croyais avoir oublié dans la salle du groupe de jeunes que je fréquentais dix ans auparavant.

mmm. quelle idole je vais me payer aujourd'hui...?

(purée, mais qui a allumé ce transistor dans ma tête?!). Je décide de l'évacuer par la bouche et chante:
« En mon coeur, j'ai choisi de suivre Jésus-Christ, si mes amis s'en vont, qu'importe? Moi, j'irai! Au monde* (*ses plaisirs trompeurs) je dis « non », joyeux, je prends ma croix, quoi qu'il en soit, en mon coeur, j'ai choisi de suivre Jésus-Christ ».

TOUS le connaissent et avec ferveur le reprennent encore et encore dans leur langue. La preuve qu'une étincelle peut enflammer une foule. Je suis ému, car je sais que pour eux c'est plus qu'un cantique, car ils en mesurent tout le prix.
– Ce chant a été écrit par l'un des nôtres, le Sadhou Sundar Singh! Un modèle gravé dans chacun de nos coeurs.
me lancent-ils. Quand je descends de scène, ils me serrent dans leurs bras et eux aussi pleurent sans retenue. Le Seigneur nous a visités ce jour-là…

Un nain doux, c'est doux

Il y a une table d'honneur pour les quelques invités spéciaux que nous sommes (quelques points de crème blanche dans une foule couleur café) mais, au risque de choquer leurs habitudes ancestrales, nous préférons manger avec eux. Ça en perturbe plus d'un car, pour les hindous, le Blanc fait partie de la caste supérieure (quel gag!). Cassons la gueule à ce mythe, même si manger pareil qu'eux n'est pas sans danger pour les petites natures que nous sommes (perso, je n'ai aucun vaccin, juste des vitamines C).

Les Indiens se marrent bien avec mes tentatives de parler l'hindi. Je sens déjà qu'ils vont me manquer. C'est un beau peuple. Ici, personne ne trouve bizarre qu'un inconnu lui parle spontanément. Les

gars se tiennent naturellement la main entre eux. (eh! non, ce n'est même pas ambigu...)

L'illumination

Nous sommes en pleine ville, mais à deux pas de moi une sacrée vache (ou l'inverse) est nonchalamment couchée en travers de la route. Ok, j'ai déjà croisé un majestueux perroquet, un singe taquin et même une laie (madame sanglier) avec d'énormes tétons, gambadant tranquille dans la rue...
La routine, coa!

De toute façon, mes pensées se sont fait la malle, elles n'ont pas le temps de s'occuper des bugs de la matrice, absorbées ailleurs depuis un bon moment à résoudre un problème bien plus important. Voyant mon incapacité à les aider, elles m'ont laissé là, sur la terrasse d'un boui-boui à l'allure de ruines d'après-guerre. La « table » où je suis assis est ridiculement bancale, mais au diapason de tous ces délicieux paradoxes m'entourant. La douceur de l'air tempéré me caresse le visage et je bois le meilleur thé chaî de toute ma vie.

– Seigneur, comment atteindre ces gens, les présenter à toi ? Les lecteurs de BD ne sont pas légion... et parmi les plus pauvres, qui sait ne serait-ce que lire ? (Tiens...? Mes pensées sont de retour on dirait.)
Alors que mon regard vagabonde autour de moi,

il est soudain intrigué par un poster accroché au mur. C'est la représentation dessinée de l'un des nombreux dieux locaux. Cette sorte de dessin est partout, dans les taxis, dans les magasins, sur chaque coin de libre...
D'un seul coup, paf! L'illumination! J'ai trouvé! Des posters! Il faut dessiner des posters! Voilà le langage que tous comprennent ici. C'est aussi un défi à ma hauteur que je suis capable de donner à ce peuple...

Sauves-en un max

Avant de partir, je suis invité dans une famille de la communauté chrétienne. Malgré leur pauvreté, le couple a adopté plusieurs petits orphelins, les délivrant ainsi de la mendicité forcée des rues ainsi que des pires abus qu'un enfant puisse connaître. Ils me présentent un petit gars féru de dessin ; je m'abaisse vers lui, lui donne l'une de mes BD que je trimbale avec moi dans mes bagages. Ce livre représente une fortune pour lui et, même si j'avais réussi à le donner à un éditeur indien, jamais il ne l'aurait apprécié autant que ce petit gars aux yeux étincelants. Je lui donne aussi mon crayon et avec un tremblement dans la voix
lui dis:
– Dessine pour le Seigneur et ton peuple, mon garçon! L'art n'est pas juste un jeu ou un hobby, mais c'est très important! Montre la voie de Jésus à ton peuple et sauves-en un maximum!!!

3ème regard...?

En Suisse, fraîchement débarqué de l'avion, je remarque certains détails qui ne m'avaient pas choqué auparavant. Dans cet aéroport, marbré, superpropre, top classe mais froid, rien n'est adapté à la chaleur humaine. L'allée est cernée de magasins de luxe. J'y remarque une employée qui, poussée par la solitude, s'accorde un moment de répit. Le temps d'une discussion, elle quitte son rôle de parfaite vendeuse et me décrit son quotidien:
– Si j'arrive un quart d'heure en retard, je reçois une amende ; on est contrôlés, devons être rentables. Si on ne fait pas attention on perd vite le lien avec la famille et finalement, tous ses amis.

Mon beau pays tout propre connaît lui aussi une sorte de terrible misère cachée... Avant de partir, je lui dis que Dieu pense à elle et qu'elle devrait lui en parler.
Ici aussi, il y a des posters partout. Des pubs aux femmes divinement belles et qui nous regardent de haut, exhibant bijoux et montres tels des talismans à succès. Ces images sont entièrement modelées par la main d'artistes informaticiens. Ce sont des idoles impitoyables, secrètement vénérées, qui enrobent d'une couche de mensonge hypocrite leurs adorateurs en leur faisant croire qu'ils n'en sont pas, mais je ne suis pas dupe ; je vois bien qu'ils sont habillés en tout point pareil à ces images...

Par la fenêtre du train, je ne vois plus la misère des bidonvilles, ni les couleurs vives et contrastées de l'Inde, les sourires spontanés des passants, l'imprévu à chaque coin de rue, la jeunesse abondante, tous ces artisans bricoleurs qui s'inventent les métiers les plus farfelus les uns que les autres pour survivre, ni ces vieux aux barbes blanches et longues, ni leurs yeux pétillants de vie...

Je suis presque choqué de voir les rues désertées, (juste quelques vieux !). Où sont les habitants de mon pays ? Sont-ils tous terrés chez eux, hypnotisés par leur écran ? Ou y a-t-il eu une catastrophe décimant la quasi-totalité de la population ? Mais que s'est-il passé durant mon absence ? (il suffit que je m'éclipse à peine quelques semaines pour que tout parte en cacahouète !) Peut-être que ce n'est pas ici qu'a eu lieu le bouleversement, mais dans mon regard...

Le premier poster

Un poster avec l'un de mes dessins va s'afficher bientôt dans les rues de l'Inde, et telles des graines de l'au-delà, sèmera l'espérance dans le coeur des Indiens qui le verront...

Le jardin de Jésus

L'atelier qui craque!

J'aime le bruit des craquements du sol de mon atelier rustique quand on le pénètre ; c'est sa manière à lui de nous souhaiter la bienvenue, de nous rappeler que nous sommes vivants. Il est vieux et fatigué et c'est cela qui fait tout son charme, Mais, par endroits, ses poutres plient sous le poids des palettes de BD.
Les fondations de ma maison ont besoin d'être fortifiées!
Et c'est pareil pour mon œuvre en général…
(en caporal aussi)

Ce soir, tout un groupe de jeunes vient me donner un coup de main dans ma cave juste en dessous. Après avoir creusé de la terre, nous continuons tout naturellement à le faire dans nos cœurs par un temps de partage et prière…

Le videur devant la porte

Anormal ? Beaucoup de gens viennent me visiter à l'atelier ; à tel point qu'il devient difficile d'y travailler. Alors j'ai demandé au Seigneur de poster un gardien invisible devant la porte pour que ne viennent que ceux qu'Il a vraiment prévu d'envoyer... Depuis, chaque visiteur m'intrigue...

Je suis en compagnie d'un jeune chrétien qui me regarde dessiner quand une personne handicapée qui me visite souvent passe la porte. Dès que le sol lui craque un bienvenue, elle se met à pleurer et entre deux reniflements nous dit :

– Je n'en peux plus de ne pas être comme tout le monde...

Nous prions pour elle et fouillions nos poches de coeur pour lui donner le fond de chaleur humaine qu'il nous reste.

Semé ?

En revenant de la forêt, je cueille avec la promesse d'une tasse de café un vieux copain sur le bord du chemin. Dix ans que je ne l'avais pas vu. Il passait parfois me voir à l'ancien atelier quand tard le soir depuis la rue il y voyait la lumière. Quand il m'arrivait de lui parler de Dieu, il ne se sentait pas concerné.

Mais aujourd'hui, après avoir rapidement sauté les discussions superficielles d'usage, il me conduit tout droit dans la cave de son coeur, résumant les moments forts de ces dix ans, la trahison de sa femme, la reprise de l'entreprise de son père à la suite de son décès… Et, au milieu de sa souffrance, le souvenir de nos discussions qui l'ont conduit à lire la Bible et à y puiser le réconfort pour tenir. (dingue quelque chose a donc germé !!?)

Le jardin de Jésus

L'atelier est plein de plantes (je parle pas de la plante de pied…) ! J'ai des tomates, citrouilles, palmiers, orangers, plantes vertes, ma femme, bananiers, vignes, figuiers... J'aime ça, car entre deux planches à dessin, je m'en occupe et ça m'aide à trouver un équilibre dans les pressions extrêmes auxquelles je peux être confronté. Le Créateur m'explique un paquet de trucs bourrés de sagesse à travers tout cette vie qui pousse autour de moi.

Par exemple: Tous ces gens que l'on croise dans notre vie, c'est le jardin de Jésus.
Nous sommes les aide-jardiniers:

L'un sème...

Que ce soit une parole de Jésus, une BD donnée, un Evangile, un encouragement, une tape sur l'épaule, tout ce qui est semé produit quelque chose ;
et, même si ça va long pour en voir le résultat, il y a toujours quelque chose qui se passe (action/réaction).

... l'autre arrose.

La fidélité dans l'encouragement par un phone, une prière, une visite, un regard bienveillant est l'équivalent de l'arrosage chez les plantes (ça prend du temps aussi, mais c encore plus joli). On dirait bien que tous les vivants ont besoin d'un suivi, sans quoi l'amitié, l'amour, les rêves et les projets se dessèchent!

Mais ça ne sert à rien de tirer sur les feuilles!!!

C'est pas les conseils à la « y a ka » et « tu devrais » qui font grandir les gens, car c'est Dieu qui fait croître!
(1 Corinthiens 3: 6)
Notre job à nous: aimer et servir, c'est tout!

Merci de vos prières !
Ça nous fait grandir !

LES MERDES QUI NOUS ARRIVENT
SONT UN ENGRAIS
POUR QUI VEUT GRANDIR

Dessin tiré de la BD *Idées Reçues 3*

– Salut Alain, ça va ?

Oups ! Mais que répondre ?!
J'ai vu bon nombre de gars qui avec trois fois moins de selles (« selles », c'est pour ne pas dire « merdes ») ont carrément pété un plomb !
Vu que je n'ai pas envie de leur vomir mes problèmes sur leurs souliers tout propres, j'ai imaginé quelques réponses de circonstance :
– Franchement, si je fais abstraction de ce qui ne va pas, je dirais que ça va plutôt bien...
ou :
– Quand je regarde à Dieu plutôt qu'à mes problèmes, ça va du tonnerre !

Je refuse de voir les cacas (j'ai pas dis « merdes », je ne l'ai pas dit !) qui m'arrivent comme des malheurs, NON, je suis un arbre et le Seigneur est mon jardinier : les merdes sont de l'engrais ! Gloire à Dieu ! (Aïe ! aïe ! aïe ! Y en a qui vont avoir des cerises comme des pastèques !)
Dans le fond, je constate que tout le monde a son lot de problèmes... et ce ne sont pas forcément les mieux lotis les plus heureux...
La question devrait plutôt être :
– Salut, Alain, c'est où que tu regardes ?

Prier sous la pluie

Premier malheur :
En plus des affaires au calme plat depuis belle lurette, j'ai oublié mon mobile (j'ai ma Bible dessus).
Deuxième malheur : j'arrive à l'orée de la forêt : il pleut ! Que faire ? Retourner ? Pas question ! Loin des regards de la ville, j'ai trop besoin d'avoir un temps avec Dieu maintenant. Déjà, je suis trempé.
– Hey, c'est rigolo ! la pluie ne me tue pas !
L'eau me dégouline partout. Plus j'avance, plus j'ai l'impression d'entrer dans une autre dimension.
Je me rappelle les « anges» immobiles que j'avais rencontrés il y a quelques semaines (je sais, ça fait ouf, mais je vous raconterai peut-être plus loin...). Le bruit de la pluie violente se confond à s'y méprendre avec toute une armée céleste de chevaux et de chars partis avec moi à

Passer du temps régulièrement avec Dieu, c'est fertiliser notre terreau.
Un entourage dans lequel poussent les miracles les plus inattendus.

la conquête du monde. Je lève un bâton en l'air et hurle :
– Yahouuu ! Ils se sont levés ! Seigneur, libère les captifs !
(Je sais, vous vous dites : « ce type a pété une case... »
Je donne rendez-vous sur le champ de bataille après la victoire et on en reparle, ok ?)
Sous moi, le sol se dérobe ! Des ruisseaux se forment et grossissent à mesure que j'avance. Tous vont en direction de mon atelier.
Arrivé, je n'ai pas le temps d'enlever mes habits que déjà, une commande de 300 BD !
(un paysagiste qui les offre à ses clients !)
Les jours qui suivirent furent d'étonnantes rivières rapportant leurs lots d'éditeurs, contacts clefs, distributeurs internationaux, grandes ouvertures, etc.

Les victoires se gagnent d'abord dans l'invisible.

Co-mission pas pour beurre !

Le saviez-vous ?
Dieu est pareil une fois qu'on est dehors de l'église !?

Au supermarché !

J'aime bien quand ma femme m'envoie en commissions acheter des trucs débiles comme du beurre (ou autre chose... ce n'est pas que je sois particulièrement obsédé par le beurre, c'est juste un exemple...).

Malgré l'impression de déambuler dans une forêt remplie de superficiel avec des miniprix orange fluo en guise de feuilles et partout de la pub pour nous faire croire qu'on a besoin de vide, j'aime ça, car on y rencontre des gens (et du beurre !).

J'étais en train d'hésiter entre du pain sec à bon prix et du bon pain à prix sec (diantre, que ma vie est compliquée!) quand tout à coup : PAF ! Une dame me salue dans le dos. C'était la maman d'un copain de mon petit Benjamin. Et c'est parti pour les grandes banalités :
– Comment ça va ? Quel beau temps ? etc.
Au beau milieu de nos échanges superficiels (eux aussi) aux tons particulièrement enjoués et aux éclats de rires tonitruants, Boum ! la douce voix du Seigneur (argl, j'ai oublié de me déconnecter du mode prière en sortant le la forêt !) me rend attentif à une plaisanterie qu'elle a lâchée l'air de rien :
– Ha! ha! ha! De toute façon tous les hommes de ma vie finissent par me plaquer, hi! hi! hi!
(ils n'étaient pas rugbymen ! "plaquer" a ici un autre sens)
Je suis saisi d'une grande compassion et la regarde droit au cœur :
– Qu'as-tu dit ?

Elle s'arrête net et là, en plein milieu du magasin, pleure. C'est ainsi que j'ai pu lui parler de l'amour inconditionnel de Jésus pour elle et l'inviter à boire le café à la maison.

A la rue !

Dans la rue, je rencontre un gars qui boite ; je sais qu'il a eu la vie difficile (alcool, prison, BD).
On papotait de tout et de rien quand sans prévenir, CRAC! Je lui demande :
– Veux-tu que je prie pour ton genou ?
(arg !! Qu'est-ce qui me prend !? J'ai oublié que je n'étais plus au culte !)
Surpris, il bégaie :
– Hein ? Quoi ?! Euh... si tu veux.
Et là, sur le trottoir, je prie à haute voix pour lui...
Non non, pas à genoux en hurlant en direction de Jérusalem, mais simplement, les yeux ouverts pour ne pas le gêner face aux passants...

Quelque chose s'est déplacé dans son âme, il est très touché (on s'en fout du genou !). C'est ce que je constate à chaque fois qu'il m'arrive de le croiser de nouveau...

A la maison !

Les biscuits sont déjà chauds sortis du four et ma foi... sans beurre !

Le gars au bâton

– Mais qu'est-ce qu'il peut bien faire, ce gars, avec ce bout de bois à la main ?! Bah... il a pas l'air trop méchant, il ne va peut-être pas nous taper…
C'est ce que les passants doivent penser à mon retour quotidien de la forêt, car à chaque fois je ramène un bâton de bois.

Aussi certain qu'il fait chaud en ce moment, je sais que le froid de l'hiver viendra. Alors je demande à Dieu un fourneau à bois pour chauffer mon atelier de BD aux fenêtres cassées. Alors en attendant, comme je sais qu'il me le donnera : je prépare déjà le bois.

Les fleurs qui volent

Je pénètre sur un tronçon à l'orée de la forêt particulièrement éclairée, et là : Boum ! Une multitude de papillons multicolores se sont envolés autour de moi…
J'aime tellement ces moments de dialogue avec Jésus, ils sont quelques fois (pas toujours) carrément magiques...
Je regarde ma main ; est-ce vraiment une branche que je tiens ? Une demi-seconde durant, j'ai cru que c'était Sa main.
Il sent bon mon chemin ce matin, sûrement des fées Clochette qui lâchent des pets.

La plus belle des récompenses

Si Dieu ne mettait pas tout ce petit monde autour de moi, c'est sûr, je n'arriverais pas à tenir le bateau debout…
Hier, c'est une jeune fille qui est venue dormir dans notre chambre d'amis improvisée.
Décidée à rentrer à l'école d'art, elle est venue m'aider à l'atelier.
Elle s'est convertie à une vie avec Dieu il y a trois ans de ça… en lisant l'une de mes BD… Je pense à tous ces hivers à y croire à contre-courant et voilà encore quelqu'un qui renaît tel le printemps qui m'entoure…

Une des parois de rondins de bois composée de chaque bâton ramené de promenade
Exercice rigolo : calculez le nombre de promenades effectuées par l'auteur

PAR LÀ!

Lecorbeau

Je suis de passage au Québec, mais je n'ai pas trouvé de forêt (il faut dire que je suis en ville) mais bon… il y a des rues tranquilles alors, comme d'hab, avant de commencer ma journée, je marche avec le Seigneur (heureusement qu'il est invisible, Lui)...

Je lui demande comment atteindre ce pays où si peu de gens le connaissent quand tout à coup, quelque chose d'insolite se produit : deux corbeaux viennent vers moi me raconter des trucs…

– Euh, Seigneur… je sens bien que tu essaies de me dire quelque chose, mais... désolé, je ne comprends pas le « corbeau »… (le québécois tout juste, alors là…).

Un peu perturbé (disons, un peu plus que d'habitude), je continue mon chemin ; je réfléchis à des versets concernant cet animal... mais non, il s'agit manifestement d'autre chose…

Plus tard dans la journée, je déambule au Festival de BD de Québec où l'on m'a invité (euh… à vrai dire je me suis un peu invité moi-même). Je m'approche d'une dame et sans détour lui lance :

– Dites, si je voulais le plus grand distributeur de tout le pays, c'est qui que je devrais voir ?

Elle me regarde et me dit:
– Lecorbeau
– Pardon?
– Oui, la personne que vous devez voir est monsieur LeCorbeau!
Je n'en reviens pas...
– Venez, suivez-moi, je vais vous le présenter, je suis sa femme!

Elle me présente à monsieur Lecorbeau qui se trouve être une personne très influente (et, accessoirement, un Suisse en exil ravi de rencontrer l'un de ses concitoyens)... Très vite nous sympathisons. J'ai dans ma poche ma nouvelle BD encore en chantier sur une clef USB et la lui présente sur un ordi qui traîne dans le coin.
– Elle est extraordinaire cette BD! s'exclame-t-il.
Et il la montre à d'autres responsables qui, intrigués, m'achètent quelques albums.
Le dernier jour, une femme cadre supérieure touchée par la lecture d'*Idées reçues 2* me promet qu'elle en parlera plus loin.

La muraille est tombée!

Vendredi 3 septembre 2010: le contrat signé est entre mes mains...
Je suis ému en écrivant ces lignes, car mes BD vont pouvoir passer la grande muraille; elles seront autant de panneaux indicateurs aux quatre coins du pays, montrant un chemin vers le Ciel...

Au vu des conditions proposées, je ne m'attends pas à de mirifiques retombées financières, mais je suis si heureux pour tous les gens de la Belle Province qui recevront le message d'espérance!

Manque de munition

Cette première victoire est aussi la promesse de beaux combats. La muraille est percée, les accords signés, mais on manque de munitions financières pour réimprimer et envoyer...!! Mais bon, ça va venir...*

Le combat continue,

Je sens que la muraille de France va bientôt céder aussi, et je m'apprête à fondre sur la Belgique.

*Yes, c'est venu juste à temps

Les portes de la gloire

– Dis, papa, c'est quoi la gloire? C'est d'être connu?
– Hum… oui mais non… attends, je t'explique:
Un jour, j'arriverai à l'impressionnant portail du Ciel qui est gardé par des archanges si redoutables qu'à leurs pieds, je serai aussi insignifiant qu'un moustique sans papiers d'identité.

Ces gardiens sont revêtus de blanc ; pas en tissu, non, mais en concentré de chutes du Niagara, tellement plus puissant que, comparées à ces gardiens, ces grandes chutes sont reléguées au rang de chasses d'eau pour midinettes (made in China, revendues sur eBay, catégorie usagée)...

Tous les habitants du Ciel sont là, sereins, beaux, extraordinaires, divins…
Sais-tu que, dans leur profond regard, on peut lire la sagesse des mystères des temps antiques?
(Euh… moi non plus, je ne sais pas ce que ça veut dire, mais ça le fait bien, non?)

Ils observent, incrédules, le petit mendiant supplier à leur porte:
– Laissez-moi entrer, je suis l'ami aveugle et sourd de votre Roi!
Aveugle, parce que toute ma vie Il m'a offert tant de merveilles, d'assistance que je ne réalisais presque pas. Sourd, car il m'a si souvent parlé et je ne l'entendais que si peu…

J'étais si handicapé de l'entendement que face à l'absence, à la souffrance et à la mort je ne comprenais rien… Mais parfois je discernais son parfum de hasard, le bruissement de son pas…

Alors, du fond du Paradis, Christ-Jésus, le Roi de tous les univers en personne apparaîtra, provoquant un murmure d'étonnement général. Il traversera la foule impressionnée pour me rejoindre les bras ouverts en criant :
– Laissez-le passer ! Laissez-le passer !
C'est mon ami !

Voilà ce qu'est la gloire, mon fils,
être connu… de lui.

La barbe!

Dois-je porter une barbe ou pas ?
J'ai décidé de ne pas prendre de décision et, du coup, j'en ai une !
Et toi, tu n'arrives pas à te décider pour Dieu ?
Alors c'est pareil (ne rien décider, c'est dire non).

– Hey ! voilà Jésus !

Depuis que j'ai la barbe, c'est la nouvelle moquerie du jour.
Mais no souci, j'ai une réponse pour les servir :
- Fais gaffe, sinon je te transforme en vin et je te bois cul sec !

L'église des motards

Une grosse Harley au bruit à faire trembler l'enfer est garée devant la porte de l'église. Une horde de rescapés vikings est adossée au bar, à l'intérieur de celle-ci (le wunderbar).
Habits de cuir, cheveux et longues barbes tressées, écrous en guise de boucles d'oreilles, tatouages et les paroissiens de cette église parlent volontiers anglais.
Mais, ce qui m'impressionne le plus, c'est leurs regards pleins d'amour qui t'accueillent, qui que tu sois. Ce sont des gens qui ont rencontré Jésus personnellement et qui, aujourd'hui, sont parfois les meilleurs témoins dans le dangereux milieu malfamé des Hell's Angels.

Ce soir, je partage mon témoignage en suisse allemand (c'est beaucoup plus terrifiant qu'en français!) derrière la chaire (le cadre avant d'un grosse moto!).

Ici, la chaire de l'église des motards à un style très personnel

Après avoir bien rigolé et bu un pot en leur joyeuse compagnie, je vais dormir dans les dortoirs de l'église (vi pask'en plus, ils font de l'accueil).
Le lendemain matin, je me pointe dans une autre église, rien à voir, du coin...
Avec mon bandana sur la tête et ma gueule de pirate encore embrumée par le sommeil, les responsables, pas très rassurés, croient d'abord accueillir un paumé en soif de repentir... Quelle surprise quand ils réalisent que je suis l'orateur principal !
Je fais un peu tache au milieu de tous ces gens délicatement endimanchés, mais, au moment de témoigner devant toute l'assemblée, ils peuvent voir plus loin que l'emballage. Je leur raconte simplement comment Jésus a su me rencontrer dans mon adolescence et toute l'église en est émue.
Il n'est plus question de style ou de classe sociale maintenant, car Dieu est là et touche nos cœurs.

La barbe de la barbe !

Y a le yaourt qui sèche dedans et ma fourchette se prend dans les poils, du coup j'me la broute... Argl ! Y en a marre, aujourd'hui j'me la rase...
(Tant pis pour les fleurs qui poussent dedans !)

Le lion dans la citerne

Encore tout « brrr » du décalage horaire canadien que déjà me voilà embarqué dans de nouveaux défis où je vais devoir me dépasser dans du ouf, genre : témoigner à des foules de curieux, vite changer la face du monde avant le petit déjeuner, dire « Ali-baba-et-les-40-voleurs » d'un seul rot, faire des pas de foi (de fou?), etc.
Seul, assis dans le jardin, j'en parle à Jésus :
– Seigneur, suis-je fou d'accepter ce défi ?
Puis j'ai le sentiment que Dieu me dit :
– Monte, ta réponse t'attend...
Arrivé à mon appart, mon fils de dix ans, m'interpelle de son lit :
– Papa ! Papa ! Je vais te lire un passage de la Bible...
– ?!?
Il s'agit d'un guerrier du roi David qui, juste armé d'un bâton, descend dans une citerne pour buter un lion...
Ce type est barge ; pourquoi fait-il un truc pareil !?
N'y avait-il donc pas de séries TV pour l'occuper, lui ?...

David (souvent comparé au Roi Jésus) devait vraiment être superfier d'avoir un crac pareil dans son armée.
Waow! ce n'était pas rien...

Les gens sont assoiffés de spirituel mais des lions (incrédulité, logique humaine, antichrist, nain de jardin, fatalité, laïcité, craintes, excuses, etc.) ont pris place aux endroits stratégiques et empêchent le peuple de boire à l'amitié de Jésus... #%!! C'est injuste...
Allez... JE DESCENDS!
... L'Eternel est avec moi! C'est ça que je dois voir avant le lion... Et puis vous, vous priez pour moi, non?

(Pourvu qu'il n'y ait pas des araignées en plus...)

Le lion endormi

Courrier d'un lecteur

Il s'en passe de ces combats dans l'invisible, en effet, et chaque jour... Tu m'en fais prendre conscience, le Malin ne dort pas, ce lion... Courage aussi à toi, Cher Alain,

Guy

Mmmh… c'est possible qu'il dorme à l'entrée des forteresses, de celles qui enferment des captifs qui rarement voient la lumière. Je pense qu'il nous laisse tranquille tant qu'on n'essaie pas de s'en évader…
Mais toi et moi on s'en fout, pas vrai ? Car on essaie quand même... Bon courage, vaillant combattant ! Tiens bon, les captifs libérés t'en seront reconnaissants…

Alain

Un dessin de Priscille De Prins en stage à l'atelie

Porte fermée?

– Si Dieu veut que je fasse telle ou telle chose,
Il n'a qu'à m'ouvrir une porte !
Cette phrase me laisse souvent sceptique… (mais pas comme une fosse) pask' avec moi c'est pas comme ça que ça marche!
C'est plutôt comme avec la porte vitrée d'un supermarché : elle ne s'ouvre que quand je fais un pas de foi !
J'avoue : j'ai toujours un peu souci de me ramasser la porte en pleine poire (c'est bête hein ?) !
Autour de nous, il y a plein de choses qui n'arrivent jamais, car les « clients » attendent devant la porte au lieu d'entrer !

Exemple (aujourd'hui) :
Phil (qui m'aide à la compta) me dit :
– On n'a plus de BD *Idées reçues* petit format ! Qu'est-ce qu'on fait !? Tu les redessines à la main ou on les imprime ?
Moi :
– Euh… on imprime (j'ai pas trop le temps en ce moment...) !
C'est comme ça qu'on a décidé d'en imprimer 10 000 sans pourtant en avoir le premier franc, juste avec la foi que Dieu pourvoira....
C'est un situation récurrente à l'atelier, depuis le début (19 ans déjà). Et, même si le secours vient sans se presser (parfois à moins une) et les mains dans les poches (pleines), jamais il ne nous a fait défaut. Nous nous blindons d'une carapace de foi, mais il y a quand même l'inquiétude qui a tendance à frapper à la porte. (aïe...léluia !) En fin de compte, le souci n'est qu'un manque de foi...

La porte du supermarché est transparente.
Au-delà, je vois les personnes qui vont être touchées, une société qui va changer, un Seigneur qui est puissant et des victoires!
Alors quelles que soient tes peurs (timidité, défis, etc.), un conseil : si Jésus te demande de marcher sur l'eau, réfléchis pas trop, vas-y...

Quelle que soit la taille de ton épreuve, Dieu est plus grand. L'impossible c'est Sa spécialité, Lui seul doit t'impressionner.

Les média-Goliath

Une bagarre, siouplé... !

Avec mes petites mains, je commence à lancer du gravier sur quelques Goliath. Ils rient bien (c'est déjà ça, au moins ils m'ont remarqué...).

Et, par l'entremise d'un journaliste d'un célèbre journal people Suisse, un grand Goliath me nargue de toute sa hauteur :

– Quoi ?! tu veux rivaliser avec les grands de la BD?!

Et moi de répondre :

– Ben ouais, pourquoi pas?

Je mouline de mes arguments comme d'une épée (comme ça, même si je ne l'atteins pas, je lui filerai un rhume !), mais le Goliath m'a tourné le dos, comme si ce n'était rien...

Je donne quelques coups de téléphone dans les tibias à un autre géant qui a daigné tourner la tête dans ma direction. Il a un regard un peu méfiant sur mes convictions et je comprends qu'il hésite à s'intéresser à moi (tous semblent au courant que je suis un irrécupérable fan de Jésus et ça les inquiète)...

J'attends leurs réponses à mes provocations (ou demandes d'interview si vous préférez) et, sans reprendre mon souffle, j'envoie tels des cailloux de fronde un paquet de missives à d'autres magazines en vue...

Goliath va peut-être finir sous un tas de cailloux ? (Je suis assez persévérant comme gars...)

– Eh oh ! le colosse ! Je veux me battre !

Rien n'est pire, pour quelqu'un qui a envie d'en découdre, de se voir refuser le combat.

Alors que je m'acharne à combattre pour gagner du terrain sur un champ de bataille de France, à Angoulême (le plus grand festival de BD d'Europe), je rencontre un journaliste chrétien, vieux briscard de la radio nationale suisse qui se trouve dans le coin « par hasard » (ha ! ha ! ha ! ce mot !!!) au même moment que moi. Il m'organise un passage à l'antenne... Yesss !

Déclaration de guerre

Grâce à une autre alliée infiltrée, tous les responsables d'émission sont contactés (ou, autrement dit, ils ont reçu ma déclaration de guerre). Un présentateur célèbre me rappelle alors son intention de passer prochainement l'interview qu'il a faite avec moi sur des questions spirituelles, mais le journal télévisé qui m'a promis un reportage (vu que j'avais gagné le premier prix de la BD chrétienne) m'annonce qu'il a changé d'avis. Ce retournement de situation me fait l'effet d'une gifle en pleine face, mais je me console, car une radio très écoutée par la jeunesse française vient de me donner rendez-vous à Bordeaux.

La mêlée

J'essaie de passer dans les médias ; pas uniquement dans un but publicitaire pour mes BD, mais surtout pour partager un espoir puissant aux auditeurs qui en ont cruellement besoin. Je veux atteindre un max de gens. Mes tentatives ont des allures de combat acharné... VLAN! Râââà, le rendez-vous de Bordeaux a été annulé!! Je me sens bien seul dans ces rues étrangères et m'interroge sur ma valeur. Ce découragement me lacère le dos, j'ai de la peine à respirer, j'appelle à la rescousse par SMS ma petite équipe de prière...

Je ne sais pas comment faisait David avec les Goliath, mais à moi, ils m'envoient de sacrés pains à la figure. A deux doigts de la victoire, un journal très populaire (un géant) me fait mordre la poussière, refusant l'interview qu'il m'a fait miroiter. Bien décidé à ne pas en rester là, je me retourne et évite de justesse un pieu de fatalisme qui m'aurait cloué sur place. Je me relève et d'un bond m'attaque à son frère concurrent, à l'aide de mon bras gauche, d'un coup de téléphone bien ciblé, tout en

envoyant une droite à une grande chaîne populaire française via un contact clef croisé dans les coulisses.
Dans la foulée, je provoque en duel un titan de l'une des plus grandes sociétés de distribution de BD du réseau francophone (autrement dit, j'ai pris rdv avec son directeur) dans le but qui pourrait paraître complètement inconscient de le conduire à Christ.
Un coup de semonce (à moins que ce ne soit d'annonce) me fait voler en éclats. Le responsable d'un jeu télévisé, qui m'a promis une arène de débats en direct, m'envoie un coup de téléphone dans les tripes pour me poser un lapin atomique! Un peu maso, je le relance...
Je suis un peu sonné, mais je prie comme on sonne du cor pour invoquer l'aide de l'Eternel des Armées.

Je finis par passer sur l'une des chaînes nationales de France pour y partager mon témoignage. A en croire les nombreux courriers reçus, beaucoup de gens ont

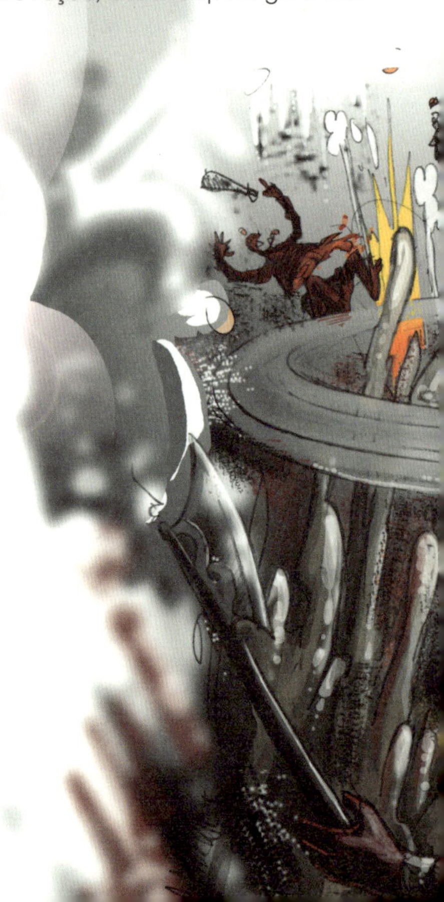

Toute la force, la bravoure, l'agilité et la stratégie du guerrier n'ont aucune valeur s'il lui manque la loyauté.

été touchés, surtout des personnes âgées (peut-être les seules qui avaient un stylo sous la main?)...
Bon, je retourne dessiner, je suis crevé...

A tous ceux qui se battent pour leur prochain et à ceux qui n'ont plus d'espoir, qui tiennent debout face aux hordes de découragement qui fondent sur notre monde: vous n'aurez probablement jamais de médailles ici-bas... mais la plus belle des récompenses n'est-elle pas d'avoir pu apporter du bonheur à ceux qu'on aime...?
Tenez bon, croyez en votre valeur, car L'Eternel des Armées vous voit et Il ne vous oubliera pas...

Exemple tiré des nombreux courriers reçus...

Bonjour,
Dimanche dernier la télé était allumée et je ne faisais pas plus attention...
Puis en passant devant j'ai entendu quelques mots de votre part et je me suis assise pour vous écouter.
Je suis restée scotchée sur ma chaise, tant vos paroles étaient à la fois fortes et toutes simples.
Tout votre être était lumineux de cette foi qui vous anime.
Dommage, j'ai raté le début...
Cela paraît si facile de se laisser imprégner de Dieu...
Et pourtant comme j'aimerais avoir le centième de votre rapport avec lui.
Je sais que Dieu m'écoute à chaque fois que je m'adresse à lui, mais je n'arrive pas à lui parler...
Ma relation avec lui est souvent une prière récitée, sans originalité.
Pourtant tout paraît si évident...

J'ai beaucoup aimé aussi votre phrase qui dit que même dans la plus sale des flaques le ciel peut se refléter...
J'aurais dû la noter tout de suite... car je n'ai plus les mots exacts, mais que c'était beau!

Je vais parler de vous à mon entourage, car votre parcours est un bel exemple pour tous.

Je vous dis merci pour ce témoignage de foi.
J'en ai été profondément marquée.

Phil et Al au salon du livre de Francfort, à la conquête de nouveau pays...

Nouveau renfort

Philippe, directeur au niveau européen d'une grosse entreprise américaine, a quitté volontairement son job pour s'engager dans notre tout petit atelier Auderset. Un 40 % ici et un 40% chez Digger (une association humanitaire).
« Je préfère travailler pour le royaume de Dieu! » qu'il a dit (décisions, gestion des stocks, contrats, suivi de projets «genre : l'agenda» ou l'impression du livre que vous avez en main, etc.).
C'est franchement dingue non?!

Les accusations moralistes qui débordent de notre bouche,
Ne sont souvent qu'une irruption des anticorps qui luttent le mal qui nous habite.
(Compliqué? yark! yark! yark! comme ça, je ne suis plus le seul à creuser...)

Nouvelles du front

La bagarre fait rage **BOUM !** (aïe ! il est passé près celui-là !), nous nous sommes déjà ramassé une méchante défaite en pleine figure, (ça fait supermal !)

Mais nous tenons bon ! **BOUM !** (Argl ! mon bras gauche est arraché ! m'en f... ! je suis droitier). Nous continuons l'assaut d'autres portes de France.

Front américain

L'effort de guerre en vue du « raid » de l'un de mes équipiers (Philippe) bat son plein. En effet, je l'envoie en mission dans un grand salon du livre aux Etats-Unis, mais nous manquons de munitions pour le billet d'avion. En attendant, nous mettons au point une arme de destruction massive en vue de vider l'enfer de ses habitants : une adaptation de la BD *Robi* en anglais ! Pour ce faire, j'ai engagé deux armuriers-graphistes hors pairs (David et Laurent)...

Hier j'ai reçu une parole d'encouragement :
« On ne maîtrise pas, on fait confiance, nuance… »
(Dieu est plus grand que la muraille, pas vrai ?)

Ca m'a un peu soulag... **BOUM !** @# !! ça y est ! je suis sourd !
Merci de nous prêter main-forte en priant…

Al **BOUM !!!** hein!?

Le raid de Philippe aux Etats-Unis s'est soldé par un échec cuisant. Mais au moins le livre *Robi* est maintenant disponible sur le terrain américain. Par contre, il doit y avoir un problème avec la minuterie car il n'a toujours pas explosé... Râââ, manque de pub... A moins que l'Eternel n'attende que ce soit le moment propice...(?)

La gigantesque muraille

Je l'ai observée tout autour de la France, certains l'appellent « laïcité », elle ne laisse pas passer l'Evangile aux masses populaires (qui pourtant en ont tant besoin). Et elle grandit de plus en plus dans tout l'Occident…

L'arme!

J'ai donc décidé de me forger une « arme » capable de créer un passage. Après plus de deux ans, j'ai enfin fini de la forger : une nouvelle BD !!

Cheval de Troie

Contrairement à mes précédentes œuvres, celle-ci parle peu de Dieu (c'est pour pouvoir passer outre les impitoyables veilleurs de la muraille) mais une fois à l'intérieur des grands magasins et médias français, le client, une fois « accro », cherchera à acquérir les autres BD. (c'est une sorte de drogue en fait !), et la muraille sera alors percée directement depuis l'intérieur !

Les renforts invisibles

Ce matin, marchant dans la forêt, j'en parle à Dieu, perdu dans mes pensées… A un moment, je relève la tête et qu'elle n'est pas ma surprise ! Je suis totalement entouré de fleurs blanches (elles n'y étaient pas la dernière fois !). De plus, les feuilles mouillées et brillantes sont quasi fluos. Comme si tout un pan de l'armée céleste était autour de moi tels des milliers d'anges…

Spontanément, je lève une branche que j'ai à la main et m'écrie :

– **En avant ! Sus à la muraille !!!**

Surpris par mon propre cri, je jette quand même un coup d'œil derrière mon épaule : pas d'hommes en blanc (euh… ceux qui te mettent une camisole de force !) et je rentre (les fleurs ne m'ont pas suivi, tout va bien...)

Aujourd'hui, ce qui aurait pu sembler fou à quelqu'un qui m'aurait entendu dans la forêt est sur le point d'arriver dans le pays d'Europe le plus fermé à l'Evangile où je viens de signer avec un distributeur qui touche les milieux laïcs.

Mon attaque débute fin septembre.

«L'attaque de fin septembre», (avec «Marcel») n'a pas eu l'effet escompté et s'il est vrai que ce livre à touché plusieurs personnes, elle est toutefois passé inaperçue pour le grand public... Par-contre, dorénavant n'importe quel libraire le désirant peu y avoir accès....

Tout rêve est réalisable!
Ce n'est souvent qu'une
question de sacrifice que
l'on est prêt à payer
pour y parvenir.

La riposte

« Tribulations d'un envahisseur solitaire » ou « Ça cogne dur sur la muraille dis donc ! »

L'assaut !

Après avoir lancé mes courriers, telles des cordes par-dessus la grande muraille imprenable des médias (je vous rappelle mon plan : faire connaître ma BD et le Seigneur !), je me suis hissé, à coups de téléphone, de courriers et d'e-mails. Mais une fois tout en haut... surprise : le « comité d'accueil » me reçoit à gros coups de pompe d'indifférence plein la face !

Haaaaaaaa ! grosse chute de découragement, jusque tout en bas ! Encore sonné, je suis néanmoins résolu à remonter par une autre façade. **Rataboum !** Je reçois un double pack de gros pavés de « **non !** » sur la tête ! Suivi d'une huile bouillante façon :

– Pour qui vous prenez-vous ?! Seules les stars ont droit de passage !

Les alliés ennemis

C'est au moment où je suis rétamé au sol qu'attaquent « zizanie » et « soucis » dans mon propre camp et par les deux flancs. Je concentre le gros des forces sur le premier à tel point que j'en ignore «précarité» qui me lance des flèches dans le dos. Instinctivement, je sors mon gros gun : « **plainte** » à canon scié, et j'arrose une copieuse salve de râles autour de moi ! (Oups ! j'ai scié des frères d'armes !) Mais plus je me plains, plus l'armée du découragement grandit (purée ! mais c'est trop nul cette arme !)

La retraite

Armé du même gun, je fuis dans la forêt. J'entends encore les cris de l'ennemi derrière moi et je tire en l'air, espérant attirer l'attention de mon Roi : l'Eternel des armées. Où est-Il ?
Plus je m'enfonce dans la forêt, plus c'est calme ; on se croirait dans une cathédrale... La neige absorbe tous les sons (#@!! de gun : il est déchargé).

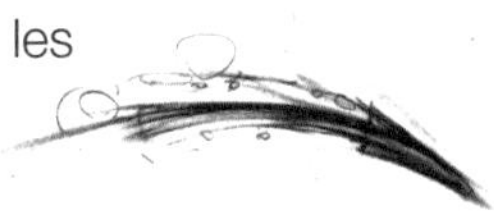

Tout à coup, un bruit sourd à ma gauche ! Est-ce le pas du Roi ? Un amas de poudreuse vient de s'écrouler des sapins, produisant un nuage de confettis brillants. Emerveillé, je le traverse… Des picotements me rafraîchissent le visage… Je pense à la gloire à venir.

La révélation

Assis bien au chaud sur un banc d'église, n'a-t-on pas tendance à oublier ce qu'est vraiment une bagarre ? En fait, n'est-ce pas normal de recevoir des coups en retour ? Pourquoi suis-je étonné ? N'est-ce pas précisément en se bagarrant qu'on devient un guerrier ? dans l'épreuve qu'on grandit le plus ? Quelque part, n'était-ce pas ma prière quand je chantais « plus de toi Seigneur » ?

Mais… où est mon gun ?!

Argl ?!! il a dû tomber lors de la chute de neige… Je rebrousse chemin et, en lieu et place, en trouve un autre, bien plus puissant, un Ps.144 à double canon (« louange » et « reconnaissance ») flambant neuf ! Je ne sais pas encore très bien l'utiliser mais, mille milliards de mille sabords, ils vont voir de quel bois je me chauffe en haut lieu des murailles ! J'y retourne ! Non, je ne suis pas maso, car si c'est vrai que j'ai reçu des coups… moi aussi, j'en ai donné !

Courrier de Suzy

Cher Alain...

... Je traînassais chez mon meilleur ami, Bastian (en fait je l'attendais car il était en train de se doucher), et je sors de sa bibliothèque une certaine BD intitulée *Idées reçues*. Dans sa bibliothèque y a aussi des bibles, des livres qui parlent de Jésus et tout... mais bon, moi ça m'intéresse pas trop tout ça, tu vois...
Alors bon, voilà que je me mets à lire cette BD et puis, ooh! le piège! un truc de chrétien! Bon, comme c'est quand même pas mal, je continue à lire. Et je t'avoue que sur le moment je ne trouvais pas vraiment ça rigolo; je me suis plutôt sentie un peu bête... visée, quoi!
Bref, Bastian sort de sa douche, c'est l'heure de partir et il me voit lire cette BD. Il me la tend en sortant et me dit: – Tiens, prends-la chez toi... et – ah! oui – voilà aussi une Bible, tu risques d'en avoir besoin après...

N'importe quoi! Mais bon, c'est quand même mon meilleur ami et, depuis le temps qu'on n'est pas d'accord sur le sujet, ça ne peut pas faire de mal de regarder ça de plus près...
Alors chez moi (en cachette), je lis ta BD, je vais voir ton site internet. J'en rigole, j'y pense sérieusement... et quelque chose se passe à l'intérieur de ma petite personne sans foi ni loi: j'ai besoin d'en savoir plus.
La Bible est là, cachée sous mon lit ; je la bouquine (toujours en cachette, hein!), je me mets à prier mais je ne suis pas sûre de faire juste. Je doute...

Il y a quelques jours, je rentre du boulot avec beaucoup de poids sur les épaules. Alors je sors, je vais dans le pâturage faire un peu de tir à l'arc et je m'éloigne de la cible. Sans comprendre ce qui me prend, je m'éloigne encore et encore, jusqu'à être à 25 mètres de ma cible, ce qui représente une distance énorme par rapport à mon type d'arc. Il m'est quasi impossible de tirer mes flèches dans la cible mais je mets Dieu au défi et crie à haute voix:
– Seigneur, si tu es là, si tu existes, si tu es avec moi, fais que toutes mes flèches touchent la cible!

C'est un peu bête de faire ça! Si ça rate?
Je tire dix flèches pile au centre, dans le petit rond jaune.
DINGUE! INCROYABLE!
Des larmes de joie coulent le long de mes joues, je sais que le Seigneur est là, qu'Il m'aime, et plus jamais, jamais je ne douterai de lui.
J'ai appelé mon meilleur ami pour lui rapporter mon expérience; il est heureux, lui aussi. Maintenant nous sommes devenus plus qu'amis, nous allons continuer notre route ensemble. Le sujet qui fâchait est devenu le sujet qui nous unit...

Alors voilà, Dieu est entré dans ma vie à 26 ans, et cela a commencé par le choix « au hasard » de ta bande dessinée dans une bibliothèque. Maintenant, à moi de continuer mon chemin et de me rapprocher de Dieu ; j'ai hâte de le connaître encore plus...

Bien à toi, que Dieu te garde.

Suzy

Le baptême de Suzy

Pour l'occasion, elle a invité toute sa famille et ses amis (et elle en a beaucoup, car elle est chef scout)!
Suzy leur a partagé son témoignage et, pour l'occasion, moi aussi...
J'étais ému et j'ai pleuré devant tout le monde (pire qu'une nana, l'Auderset!)...

P.-S. : Suzy va maintenant à l'église et elle vient de se marier avec Bastian...

La 5ème branche

Après avoir envoyé une lettre de nouvelles par e-mail, une angoisse terrible me saisit :
– Aïe ! Et si personne ne comprend rien au sens ironique de celle-ci ?... Ils croiront que je me suis détourné du droit chemin, que je me prends la tête... ou pire, que je lis *Mickey Parade* en cachette !...
Et tous me laisseront tomber !
(ça me prend comme ça des fois...)
Je pars dans la profondeur de la forêt :
– Et si je perdais ma réputation de bon chrétien?
(silence)
– ...Ok, Seigneur... je te la donne, pourvu que je reste ton ami !

Ces branches éphémères auxquelles je m'accroche

Mon ministère, mes enfants, ma femme, mes biens matériels, ma santé, ma réputation… (non, c'est pas dans l'ordre de mes priorités) sont là toutes les branches de l'arbre que je suis... Si un jour le divin jardinier m'émonde de l'une d'elles, c'est vrai, je souffrirai (faut pas déconner non plus)… mais **je n'en mourrai pas !** Car le tronc de ma vie, c'est **ma relation avec Jésus**.

Là, loin de l'agitation de la ville, je sens une grande paix me visiter, c'est Jésus qui me rassure...

Et toi, ça va ?

Peut-être as-tu perdu une branche importante de ta vie...? Courage, Jésus jamais ne te lâchera. Lui seul est indestructible ! La vie et ses belles surprises repousseront, aie confiance... Seulement, veille à une chose : que Jésus ne soit pas juste qu'une branche dans ta vie... Car si le centre de ta vie est éphémère, le jour où il sera coupé,

bin… « **couic!** », fini, kapput, sayonara...

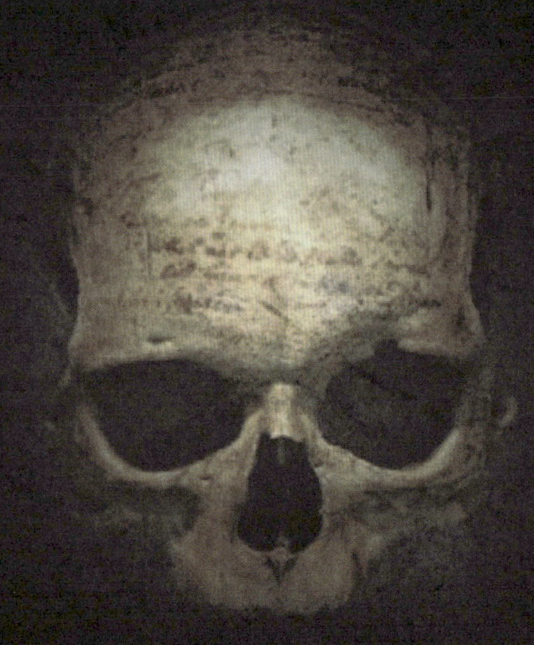

La prière du rockeur

Le nid de démons

Avec « mon » band, je suis sur le territoire du festival rock alternatif. Il regorge de bannières noires avec un A entouré ainsi que des têtes de mort et autres joyeusetés...

Dans le public, un antipathique démon à tête de bouc me fixe du regard. Imperturbable, il est au centre d'un pentacle doré et des lettres cabalistiques dégoulinantes de sang tournent autour de lui... Ah ! mais non, ce n'est qu'une illustration sur un tee-shirt !

Le gars qui le porte est affublé de chaînes en métal pendouillant jusqu'à terre, des pantalons déchiquetés (il a dû l'arracher à des clientes frénétiques un jour de solde).

Malgré cela, il a l'air très sympa (plus que bien des cravatés que j'ai rencontrés en milieu bien-pensant...).

La prière du rockeur

Le côté obscur de la force du monde invisible signale sa présence concrète sur ses étendards humains asservis au moyen de rêves de liberté inaccessibles. Aveuglés par les lumières éphémères d'une scène d'un soir, ils ont oublié leurs maîtres impitoyables et leur misère au point d'en nier l'existence.

Mon sang bouillonne, je ne peux me résoudre à les abandonner à leur sort. De derrière la scène, mon âme cherche la connexion avec Dieu pour qu'Il arme ma main. S'il y déverse ne serait-ce qu'un soupir, ça sera un carnage dans l'enfer. J'aiguise la disto de ma guitare, j'accorde mon cœur... Je pressens les prières de toute une armée derrière nous (c'est peut-être vous !).

Il me tarde d'en découdre, de me jeter dans la mêlée à grands coups de rifs.

L'intervention divine

Les guerriers avec moi, euh... les musiciens, eux aussi sont dans les starting-blocks. Le groupe actuellement sur scène lance son dernier chant glorifiant l'infidélité sexuelle aux mille positions pas piquées des vers...

Juste après, ça va être notre tour !!!

Nos premiers chants sont festifs. Dans le public, un groupe de jeunes mis au courant par les news que j'envoie par internet met l'ambiance (on les reconnaît facilement : ils ont l'air normaux !).

Mais c'est au moment où Lilou, notre belle chanteuse (ainsi que ma femme), introduit un chant solennel que Dieu intervient :

– Ce chant est une prière...

Dire que Dieu est toujours là est d'une banalité affligeante, dans nos églises repues de vérité, mais ici... ça a l'effet d'un coup de tonnerre ! Plus épaisses sont les ténèbres, plus visible est la moindre lueur. Tel un appel solennel, un solo de guitare cristallin claque dans le ciel pur, il transperce la nuit soudain silencieuse d'un seul coup. L'instant est solennel.

Notre prestation a été très appréciée des organisateurs. Tous les groupes présents (pourtant plus connus que nous) ont eu droit à 5 minutes d'interview sur une radio libre (un peu pro-anarchie) mais ils nous ont accordé plus d'une demi-heure d'antenne.

Il n'y a pas beaucoup de mérite à briller au milieu d'autres lumières.
Mais plus épaisses sont les ténèbres, plus secourable apparaît la moindre petite lueur.

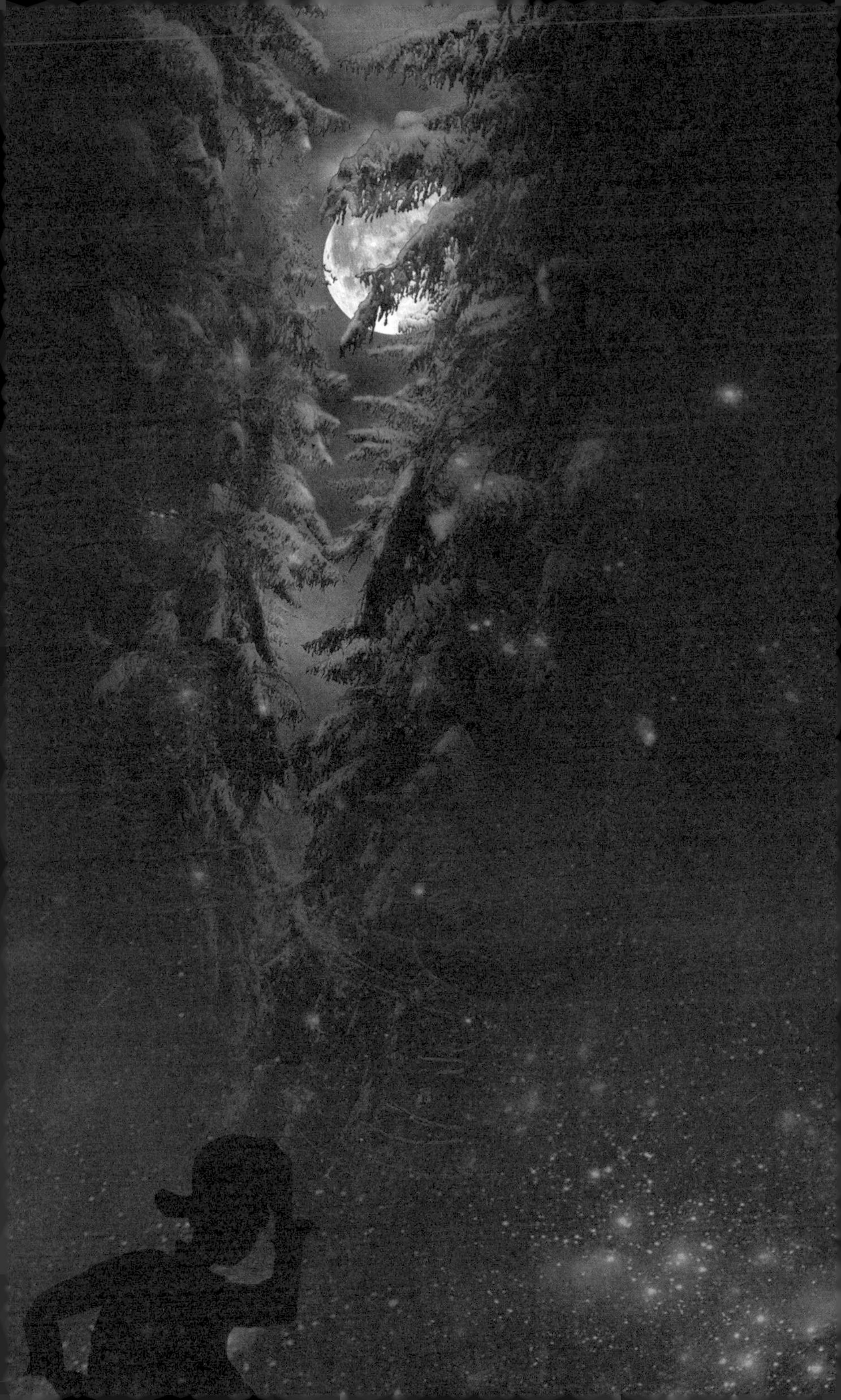

Cinq dans un lit

3h11 du mat'
– Aaaah! Mais on est trois dans mon lit!
Ma femme, moi et un défi (non, ne fantasmez pas, je n'ai pas écrit « des filles »). Oui, un souci est tellement présent que c'est comme s'il y avait une troisième personne (et qui ronfle en plus!)
3h32: encore un! Un cauchemar a chassé mon petit garçon de son lit et il réclame l'asile politique!
3h46: Ce n'est plus un lit, mais une salade russe!
Y en a marre! je vais prier dans la forêt...
Dehors j'ai froid mais je sais qu'en marchant...
le chaud viendra!

Le maître de la route

Les rues sont totalement désertées (suis-je le seul qui a des soucis dans ce pays?). Marcher au beau milieu de la route principale vidée de sa circulation menaçante... quel pied!
– Oh! la route! tu vois, j'ai pas peur de toi (je lui marche dessus, bien fait...)!
Purée, je suis en plein dans une autre dimension!

Aux portes du Royaume

A l'orée de la sombre forêt, les grands arbres revêtus par l'éclairage étrange de la lune me dévisagent. Ces géants me toisent de haut, observant d'un silence religieux le petit homme à leurs pieds. Qui ose troubler leur nuit? J'ai l'impression de longer l'armée de l'Eternel au garde à vous: des anges redoutables, puissants, impassibles et... un brin curieux.
Pas un bruit, juste mes pas avertissant de mon intrusion dans cet univers. Même les oiseaux ont migré au pays des rêves.

Je m'enfonce dans les ténèbres épaisses de la forêt profonde. C'est impressionnant, tous les paysages habituels ont disparu (mais bon, j'imagine qu'ils existent toujours)...
Alors que je pense être englouti par l'obscurité la plus opaque, je perçois toujours assez pour le prochain pas (comme si souvent dans ma vie!). Le plus effarant, c'est

que je n'ai plus peur (ainsi donc j'ai grandi)...
Juste au-dessus de moi : Waaaooooow! Terrible, l'univers créé par Papa (non, c'est pas que je me prends la tête, c'est Jésus qui a dit qu'on pouvait l'appeler comme ça)...
Dieu est tellement plus grand que tous les soucis que l'on peut rencontrer! C'est à lui que je veux regarder!
La douceur de ma voix quand je lui parle me touche le cœur (cherchez pas)...
Je n'ai plus froid.

Au loin, je vois mon atelier de BD ; on dirait un vieux vaisseau naval fatigué... Mais il a au moins le mérite d'exister!
Debout devant mon lit, je réalise que ce n'est plus une salade russe... mais les êtres que j'aime le plus au monde! Et même le « souci » m'est devenu sympathique (eh oui, il est toujours là)... n'est-ce pas lui qui m'a poussé à prier?

Jésus m'a donné ce qu'Il a de plus précieux cette nuit.
Bien plus grand que de réaliser ma prière...
Un moment d'éternité dans sa présence !

Supplication

Ce n'est pas facile de vous parler de ça, mais je voudrais vous encourager...

Il y a de ça quelques années, alors que, candide, je traversais la vie, un malheur que je n'avais pas vu venir me frappa de plein fouet. Ma naïveté fut tuée sur le coup et mon cœur sauvagement broyé.
Je reçus alors d'étranges visites nocturnes...

Tristesse vs. Auderset

Au beau milieu de la nuit, je suis réveillé par une profonde détresse. Je me retrouve en face d'une tristesse si grande qu'elle m'accule aux limites du supportable.

Rien ne peut me consoler... que faire ? Regarder un film pour me changer les idées ? Pfff, un sparadrap pour une jambe cassée ! (en plus, avec les larmes, l'image est floue), me balader ? prier ?
(bof, pas envie)...

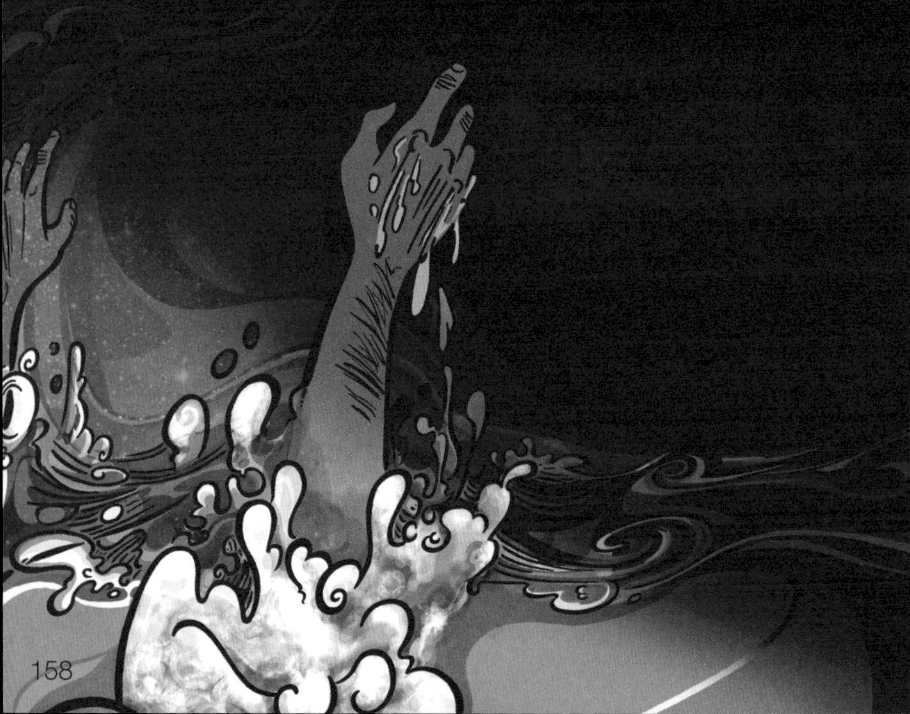

Finalement, je descends à la cave et, à la faible lueur d'une ampoule, tombe à genoux.
Dans d'abondantes larmes, je crie à Dieu, lui exprimant ma peine, le suppliant ardemment d'intervenir.
Au bout d'environ une heure, semblant venir tout droit du fin fond du paradis, une joie sincère m'envahit. C'est inexplicable, les circonstances n'ont pourtant pas changé d'un pouce, mais je suis en paix (?!)
La joie véritable ne dépend pas des circonstances.

Destruction vs. Jésus

Une autre nuit, un cauchemar me réveille mais celui-ci, contrairement aux autres, ne s'évanouit pas avec mes rêves... Il continue à me tourmenter alors même que j'ai les yeux grands ouverts. Je me découvre une envie que je n'ai jamais connue avant : l'envie de me détruire, de me mutiler (?!), c'est horrible (engagez-vous dans le ministère qu'ils disaient...).
Alors que je suis pris dans des vagues de tourments incessants, dans un moment de discernement je dis :
– Au nom de Jésus-Christ, esprit de destruction, va-t'en !!
D'un seul coup, un calme surnaturel arrive.
C'est comme s'il n'y avait jamais rien eu...
Jésus, c'est plus fort que la mort.

La nuit de la guérison

Une semaine plus tard, une anecdote anodine réveille cette vieille cicatrice. A environ deux heures du mat', dans mon lit, je supplie le Seigneur de me guérir (un peu comme Bartimée au bord du chemin, sauf que moi je suis sur un matelas), cela dure trois quarts d'heure.
Puis, d'un coup, j'ai une vision :
De petits ouvriers de chantier installent comme un tapis épais une couche de pommade sur le terrain de ma blessure, puis ils recouvrent le tout d'une grande couche couleur blanc cassé (?!).
J'en ressens un profond soulagement et m'endors aussitôt.

L'Eternel entend.

Ok, Il n'en a pas encore fini avec moi, mais je suis à lui, je sais qu'Il a soin de ses affaires.

Pourquoi ?

Face au malheur, aucun « parce que » ne console vraiment. De plus, c'est au-delà de nos possibilités de compréhension.
Choisissons d'avoir confiance que Dieu est amour et de croire qu'il n'est pas dépassé par les événements.
Plutôt que de comprendre, choisissons d'apprendre et d'aimer.

Vous ?

A ceux qui vont croiser la souffrance (mais ne le savent encore pas) : Accrochez-vous de toutes vos forces à Jésus.
Car soit la tempête vous éloignera définitivement, soit cela vous rapprochera comme jamais... Il faut déjà choisir avant que ça arrive....

En conclusion :

Pouêt !
(ça, c'est pour la petite pointe d'humour qui manquait)

C'est qui ce type?

A l'occasion des fêtes de Pâques (l'anniversaire des lapins), mes parents m'avaient permis de veiller tard avec eux, car à la télé on diffusait un film spécial: l'histoire d'un roi d'un autre monde qui avait de formidables pouvoirs magiques!
Il était discret, modeste... et, même s'il ne souriait jamais, il aimait sincèrement les pires déchets et vivait parmi eux (je parle des gens rejetés par la société).
Il les aimait tellement que tous ses miracles étaient pour eux.
– Mais… mais qui c'est, ce type!?
Et mon père d'ajouter:
– De plus, c'est une histoire vraie...
– Hein!? Jamais je n'ai entendu une chose pareille! Pourquoi on n'en parle jamais de... de ce Jésus?

C'est quoi, ce monde?!

Le peuple pouvait voter soit pour Barabas, meurtrier qui pue des pieds, soit pour Jésus. Les méchants (pour une sombre motivation politique) avaient monté la foule pour crier:

– Barabas! Barabas!
Ceux qui scandaient le nom de Jésus étaient peu nombreux. Seuls sa maman, deux ou trois potes et… moi, debout sur le fauteuil, qui sautais et criais avec eux :
– Jésus! Jésus! Jésus!
Mon père :
– Eh oh ! ce n'est qu'un film!
Puis l'inconcevable est arrivé : Barabas a gagné…
C'est quoi, ce monde dans lequel je suis né? Comment peut-on condamner aussi injustement? Je trouvais insupportable de regarder qu'on le frappe, lui crache dessus, l'insulte, le maltraite, lui fasse porter cette grosse poutre en forme de croix… Lui qui avait été si gentil pour tous ces gens…
Ils le clouèrent dessus!
Attends, oh oh ! ce n'est pas possible !!
Avec ses pouvoirs, il lui aurait suffi d'un souffle pour tous les éradiquer définitivement de la surface de la terre...
Mais, au lieu de ça, il a supplié son papa, un certain « Dieu » (qui c'est, ça, encore?!) :
– Père, pardonne-leur, ils ne savent pas ce qu'ils font.
C'en était trop pour moi... Comme je pleurais sa mort à chaudes larmes, mon père a relativisé :
– Bah, de toute façon, après... Il ressuscite!
Hein?! Mais personne ne peut revenir à la vie...
J'étais consterné.

Bien des années plus tard, adolescent, j'ai trouvé des BD chrétiennes (www.tournesol.ch) lors d'une collecte de vieux papiers. Et c'est en les lisant, en larmes, que j'ai compris que Jésus avait subi la croix volontairement... par amour pour nous...pour moi.

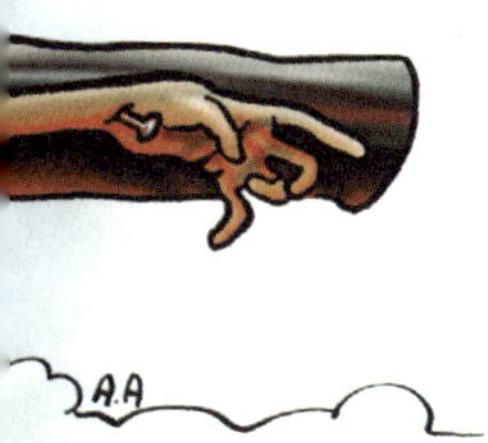

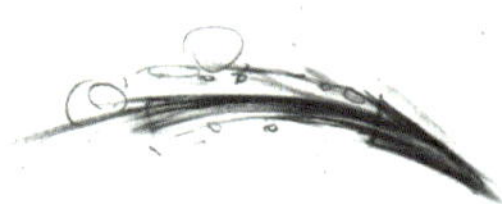

Pour eux...

Voilà maintenant plus de dix-neuf ans que je crée des BD (que je participe à des spectacles et autres bêtises) pour, à mon tour, partager le message. C'est un chemin difficile, accompagné de joies mais aussi de moqueries et de privations...

Et, quand j'ai envie de baisser les bras, je retrouve courage en me souvenant des deux personnes pour qui je fais tout ça : ce petit garçon assis sur un fauteuil, un soir de Pâques, qui aurait tellement voulu savoir…

... et son Dieu qui aurait tellement voulu lui dire!

Super Papa

La rencontre

Je viens à peine d'emprunter mon chemin pour me balader dans la forêt quand je vois quelqu'un venir en face de moi. Mon coeur s'illumine quand je reconnais mon plus jeune fils (je l'aime tellement ce petit gars)... Sans qu'il ait besoin de me dire quoi que ce soit, j'ai déjà lu sur son visage que quelque chose cloche.

– S'lut, papa, je reviens d'un anniversaire...

– Aïe! Je comprends, ça n'a pas dû être facile...

– Mais non, 'pa! C'est juste qu'on s'est disputés avec le copain!

Je m'assieds avec lui sur un escalier. Je m'intéresse sincèrement à son récit (avec autant de sérieux que si c'était une histoire de grand). Je ne lui assène aucun conseil, je l'écoute juste attentivement.

– ... Pis papa, j'ai un devoir d'anglais compliqué où je dois coller les photos de chaque membre de ma famille avec un texte de présentation et... et je ne sais pas...

– Ne t'inquiète pas, bien-aimé, superpapa est là! (par moments, j'm'y crois!)

Je rebrousse chemin, ouvre mon ordi et prends soin de bien lui montrer les démarches à suivre et lui, assis sur mes genoux, de les exécuter. C'aurait été plus vite de tout faire moi-même, mais il n'aurait rien appris et, pour dire vrai, j'aime faire durer ces moments ensemble.
Le temps qu'on passe avec ceux qu'on aime n'est jamais perdu (mais toujours gagné)!

Le travail accompli, nous sommes aussi satisfaits que l'auraient été deux Vikings après un joyeux massacre! Et nous trinquons un gros verre de sirop en déclamant un viril: « Santé! ».

Début d'automne

Je reprends ma balade direction la forêt. On est carrément DANS un chef-d'œuvre du plus incroyable des artistes.
Les éléments sont ses instruments, ses (c)rayons de soleil multicolores et, ces derniers temps... Il se lâche!
Il gicle mille peintures festives sur les arbres, les entraîne dans une danse joyeuse tout autour de moi. Le tout sur un fond blanc de brume subtile, dévoilant par là même sa profonde sensibilité de poète.
Malgré ses efforts, il ne réussit pas à me distraire car j'ai la tête embrumée par mes soucis d'adulte. Il opte alors pour une autre approche...

La rencontre

Alors quelqu'un vient en face de moi sur le chemin. De loin, il a déjà lu sur mon visage que quelque chose cloche... C'est l'Auteur divin en personne:

Super Papa

La montagne cachée

1er jour (rencontre avec...)

Saahsal* sur la montagne

**(c un groupe de rock)*

La nuit nous a précédés au pays des montagnes géantes de Suisse. Si bien qu'elles se sont mutées en d'immenses et imposantes masses noires. Les villages illuminés à leurs flancs et la ville à leurs pieds resplendissent telles des coulées de lave rougeoyantes.
Notre vieux bus en fin de vie n'en finit pas de tirer une remorque remplie d'explosifs antidépresseurs (autrement dit : du matos de musique). Nous grimpons péniblement, sillonnant de petites routes en lacets. Je déguste le paysage aux délicieuses sensations d'irréel avec l'impression d'être dans un film fantastique. Ce même soir nous avons une mission trépidante dans un bar :
tout faire péter !

2ème jour (vie avec...)

Le monde invisible

Le lendemain, seul, je me promène dans cette fascinante forêt des hauteurs pour être tranquille et parler à Dieu. Tout est embrumé comme dans mon cerveau après cette nuit de concert (j'ai la tête dans le... là où le bas du dos perd son nom coa)
On m'a dit que derrière cette épaisse masse de brume trônent les Alpes majestueuses, généreuses en maîtres absolus sur le paysage, nourrissant d'eau vive par ses torrents TOUT ce qui vit...
Mais aujourd'hui, je ne vois RIEN !

Derrière notre épaisse masse d'incrédulité d'ici-bas, tu es là toi aussi...
Oh ! Seigneur, il me tarde de te voir vraiment....

L'habitant de la forêt

Je me sens observé... (ça m'arrive aussi sur scène) Oh! en face de moi, immobile, campé sur ses deux pattes, un écureuil me jauge du regard. Je sais que le moindre geste brusque mettra fin à la magie.
On compare parfois l'intelligence du Créateur à un ordinateur surpuissant (sans Windows, OK !!!). Cette image est deux fois fausse car il est bien au-delà et, surtout, l'ordi est d'une logique implacable, froide... alors que le Seigneur est quelqu'un de sensible comme cet écu... Oups! Il est passé où?!

La nuit déjà efface les lumières du jour, les projecteurs de la scène de la boîte branchée où nous jouons prennent le relais. C'est étrange, mais j'ai remarqué que l'écureuil m'a suivi...

3ème jour (face à face avec...)

L'heure du grand départ

Le lendemain, toute l'embarcation de fortune est chargée (souvenirs compris). Nous partons, saluant une dernière fois ceux qui nous ont accueillis... et c'est ce moment que la montagne choisit pour se révéler à nous... C'est l'admiration... Waow! Toute CETTE MERVEILLE était là, si près de nous, sans que nous l'ayons jamais aperçue !!! Les derniers nuages qui s'en échappent telles des vapeurs fumantes donnent l'impression qu'elle est encore brûlante.
Je retourne à la maison. Je sais que mon Créateur y est déjà, telle une montagne géante, invisible...
Et, peut-être, sans avertir...

Je le verrai.

La guerre des pucerons maudits

Des armées de pucerons sont apparus sur mes petits pommiers plantés devant l'atelier de BD! Ils sucent l'énergie des arbres et donc plus de fruits! Et au final: la mort!

Armé de recettes à deux balles, je les spraie avec du savon noir! Dingue, j'ai l'impression de les entendre rigoler!
– Merci pour le shampoing, Ducon!
(c un petit surnom qu'ils m'ont donné... ah! c'est taquin un puceron!) Non seulement ils se sont multipliés (c aphrodisiaque ou quoi!?), mais j'en ai même eu dans les plantes d'intérieur!! Argl! Mais kesk? C'est une malédiction ou coa!?

Je m'enfuis dans la forêt pour en parler à Dieu:
– Hey Seigneur t'as vu ça!?... Hum, par hasard, tu ne chercherais pas à me dire quelque chose?
Une pensée d'une netteté limpide me tombe dessus:
– Ces pucerons, ce sont les critiques.
– ?!?...
Le silence dans ma tête fut suivi d'un tsunami de remises en question....
– Oh! pardon, Seigneur, je suis désolé, c'est vrai j'en "constate"* beaucoup chez les autres....

* Constater: mot faux Q pour «critiquer»

Mise en pratique

Je suis en comité avec des amis (on élabore des stratégies pour la conquête du monde).
– Et toi, Alain, que penses-tu de Jeanri ?
(ce n'est pas son vrai nom... j'suis pas fou: c'est un catcheur enragé échappé d'un asile de susceptibles!)
Jeanri... Il y a tant de choses croustillantes à critiquer sur lui, que c'en est une friandise! Mais je repense à ma conversation dans la forêt... et me contente de relever ses côtés positifs. (hey...? il en a plein en fait!!!)
A ce moment précis, je sens en moi une force bienfaisante me traverser (Waow! sûrement un coup de main de mon ami Saint-Esprit)

Mon petit public qui, d'avance, se régalait du dessert à ragots gratinés qu'est Jeanri s'en trouve coupé dans son élan, interdit... puis touché.

Climat de paix

Sara et Valérie (mes précédentes secrétaires qui font partie de mon comité) me lancent spontanément :

– Ce qui est super avec toi, c'est que tu vois toujours le bon côté des gens (Ce n'est pas vrai, mais ça fait plaisir).

Et l'espace d'un instant, elles aussi se sentent bien, car, si une tentation telle que Jeanri est épargnée, inconsciemment, elles savent que dans leurs dos, ici, on ne dira pas du mal d'elles non plus...

«Auderset paré pour combattre les pucerons maudits»

Question:
Pourquoi une personne qui critique quelqu'un devant vous vous épargnerait une fois le dos tourné ?
Vous êtes sa prochaine victime.

La guerre totale

(à lire avec la musique de Rocky 3
Tam ! Tatatam! Tata Taaaaa!)

J'ai le regard fixe et plissé, les dents aussi serrées que ma détermination.

Dans mon dos : le jet-pack de rocket-man, relié au gun de la mort (bon, en fait, c'est juste une sorte d'arrosoir à pomper à la main, relié par un tuyau caoutchouc pourri... Mais bon...).

La guerre avec les pucerons dure longtemps (celle contre les critiques n'est toujours pas finie). Armé des conseils de ma belle-mère (ça ne peut que les tuer...), je spraie des décoctions de feuilles de rhubarbe (je n'ai plus de napalm*) et ça les brûle grave ! (Avec le bonjour de Ducon!)

* (j'avais déjà usé tout le stock des bombes incendiaires qui traînaient dans ma cave)

Tous les trois jours (je vous rassure, je fais toujours

de la BD), je remets une dose. Cette fois avec du fumier d'ortie, efficace mais **au secours** ! Qu'est-ce que **ça pue** !!
Mon spray fuit de partout, pour la plus grande joie de mes gamins qui me fuient au bout de la rue prétextant une catastrophe chimique apocalyptique.
Je me procure aussi un commando de raid aérien de coccinelles voraces que je lâche sur mes arbres bien-aimés...
Malgré tous mes efforts, il en reste toujours... **rien à faire** ! Tout à coup, **j'ai compris**... elles ont un puissant complice !

Les fourmis

Le saviez-vous ? Elles élèvent les pucerons qu'elles traient pour récolter le miellat (comme nous le lait des vaches). Elles défendent leur troupeau en guerrières redoutables
(jets d'acide, morsures, armes blanches, griffures et en plus, elles tirent les cheveux).
Pour vaincre les pucerons, il faut d'abord combattre l'organisation des fourmis. Pour combattre les critiques,

il faut d'abord vaincre son système de pensée. Je découvre en effet une fourmilière cachée à proximité, que j'aide à déménager.

Victoire

Je n'ai aucune pomme, ok, mais au moins mes arbres sont en vie, et surtout plus aucun puceron!
... A moins que ce soit parce que c'est l'hiver (gloups!).

P.-S.: Jeanri, après des années de chômage a trouvé un petit travail. J'ai la bizarre impression que le fait de l'avoir « béni » (dire du bien de) y est pour quelque chose... qui sait... (?)

Le miracle des incrédules

La panne !

Le soleil couchant rasant les toits, la lumière chaleureuse émanant des fenêtres d'appartements, les interminables ombres portées, cet instant magique au moment du passage sensible entre le jour et la nuit, la lune déjà en place... ah... Seigneur, que j'aime ce moment avec toi...

On ne dirait pas, mais ce soir je suis en mission commando. Tel un chasseur sûr de son coup, j'arpente les rues de mon village. Je suis armé d'un œil avisé (le mien en plus), et je me sens en veine pour débusquer ma proie : une bonne vidéo.
Mais, une fois arrivé au distributeur automatique du coin de la rue, quelque chose d'étrange se produit... Je presse les boutons et : RIEN !?! (argl! c le seul fournisseur de la région !!)

Les deux déçus !

Une voix blasée au ton grave surgit derrière mon dos et confirme :
– Il est mort !
Tiens ? Le proprio de l'appareil... il a l'air dépité.
– C'est la totale mon gars, y a rien à faire ! Et le dépanneur n'est pas prêt à venir...
Je suis trop contrarié, désenchanté, oh !... pas tant pour la vidéo, mais pour quelque chose de bien plus précieux : passer une soirée ciné sympa avec ma femme, mon épouse, moi-même et Alain Auderset (plein de monde quoi...)
– Ah! non alors ! Ça ne se passera pas comme ça !!
J'impose mes deux mains sur la machine et avec autorité lui ordonne :
– Au nom de Jésus-Christ, tu remarches !!!
Je presse le bouton et devant les yeux écarquillés du proprio, la machine remarche et me livre la vidéo choisie.

Le proprio est bouche bée, paralysé dans un abîme de perplexité. L'air de rien, je m'en vais, et histoire de le finir définitivement, je lui jette un nonchalant :
– Bon bin, salut man, bonne soirée !

(hi! hi! traumatiser de l'incrédule, c notre petit kiff avec Dieu... et lui, Il m'a souvent à ce petit jeu).

Gagner à la loterie! (purée! dingue!)

Le lendemain, alors que je ramène la vidéo au magasin (la machine est de nouveau out) le propriétaire s'écrie devant tous les clients en me pointant du doigt:
– Le voilà! C'est lui! C'est le gars qui parle avec Dieu!!
Et les uns après les autres de me demander de pouvoir gagner à la loterie, me promettant de donner la moitié aux pauvres. Ils rejouent la scène des misérables (Cosette en moins bien) m'expliquant avec force combien leur bonheur en dépend.
Et maintenant c'est moi qui suis paralysé dans un abîme de perplexité... Avoir Dieu pour ami, c'est tellement plus! Pourquoi en demander si peu!?

P.-S.: Cherchez LE guérisseur plutôt que la guérison,
la source de la joie plutôt que la joie,
Jésus plutôt que ses miracles,
Dieu plutôt que ses bénédictions,
car tout est en lui.

Le miracle est une réponse à notre foi, pas à nos problèmes.
Luc Normandin

Moonboots

Le sens de la vie pour la majorité des gens, c'est manger et se reproduire. Pour mes collègues de l'école d'art, c'était un peu plus subtile. Certains s'étaient carrément édifié des tours d'ivoire de croyances à partir d'échantillons de religions diverses, de légendes urbaines, de découvertes scientifiques à la mode et de sages déductions acquises grâce à une culture étendue (culture : c le truc des paysans, non ?) Leur théorie séduisante est tendance, sexy, malléable selon l'humeur et respectée aussi…
Ma foi à moi, par contre, leur apportait beaucoup de joie : oui… ils s'en moquaient grave !

Je crois simplement en Jésus. Pas en raison de preuves ou d'explications éclairées ; non, c'est juste que je l'ai rencontré… Pour eux, c'est comme porter des Moonboots* dans un défilé de mode ! (on rigole !)

*Moonboots: supergrosses bottes chaudes, (limite ridicule) que je dois être l'un des derniers à porter en 2012!

Les temps difficiles

Le ciel est congelé tel un mur de béton hermétique au bonheur. Il vente dru et froid, la neige mouillée me crache au visage. On dirait que les éléments déchaînés me détestent, et pourtant je suis ici de mon plein gré, je viens pour parler avec Dieu (kesk'il a besoin de me donner rendez-vous là, LUI ?!). Mon chemin (chemin !?!) de forêt s'est muté en une immonde pètche* mouvante cherchant à engloutir mon courage.
Un temps à ne pas sortir une croyance faite de main d'homme (même artiste), car ici elle perdrait tout son attrait, et s'écroulerait, aucune ne résisterait.

*pètche: flaque, neige, boue mélangée, presque pire qu'une soupe de la cantine

2 exemples construits en solide:

Mes potes les « joyeux torturés »

1. Mickey Mouse (ce n'est son vrai nom), torturé par une maladie incurable, me dit :
– Dieu me donne une si grande joie dans mon cœur…

Sa conversation est entrecoupée par des cris de douleur, c'est juste surréaliste!

2. Minnie (que je croise parfois) est toujours en chaise roulante. Son état a encore empiré. Mais elle rayonne d'une incroyable joie du Seigneur qui nous laisse sans voix!

Le bonheur ne dépend manifestement pas des circonstances (ni des théories philosophiques) ; malgré cela, merci quand même de prier pour eux... moi, parfois, quand je pense à eux ça me fait pleurer (je n'ai rien compris hein ?!).

Changer les circonstances plutôt que soi-même, c'est vouloir changer l'hiver en été... Patience, il y a un temps pour tout, l'hiver finira par passer...

Continue

Si dans votre vie ce n'est pas facile, ce que je me sens poussé très fort à vous dire c'est: continuez à marcher, ne vous arrêtez pas, cherchez le Christ encore plus profondément. C'est impressionnant tous les fruits que l'on porte dans ces moments...

Mon chemin à moi, c pas mal la pètche en ce moment (engagez-vous qu'ils disaient!), mais Jésus est toujours là, avec moi et Il me tient chaud.

Ce ne sont pas les circonstances qui importent pour avancer, mais ce sont **les bottes**!* Et moi, j'ai des **Moonboots**!

* Eph 6.15: «mettez pour chaussures à vos pieds le zèle que donne l'Evangile de paix»

Dieu nous a tous crées potentiellement superdoués pour quelque chose. Il n'existe aucun incapable... Seulement des personnes au mauvais poste...

Pour qu'une armée gagne, il faut les meilleurs, mais aussi que chacun soit à sa place (pas de comptable au dessin ou vice versa,).
Une de mes grandes forces, c'est d'être bien entouré.

Le rendez-vous du grand écrivain

La star

Québec, salon du livre. La salle est bondée. Au loin, j'aperçois à peine **le** célèbre écrivain (pas besoin de le nommer tellement il est connu!) qui donnait sa conférence. Le son, en plus d'être mauvais, se répercute lamentablement sur les parois pour atterrir tout cassé dans mes oreilles déjà fatiguées par ce brouhaha. Un peu surpris, je demande à l'un des nombreux auditeurs agglutinés à la foule:

– Vous comprenez quelque chose, vous...?

– Non, mais c'est un grand écrivain

Okaiiis... (je vois le niveau...) Bon! De toute façon, j'ai un rdv pour le moins insolite dans un bistro, alors je sors. Sur le chemin, je parle au Seigneur (oui, le type qu'on dirait qu'il parle tout seul, c'est moi!).

– Jésus, tu ne pourrais pas me combiner une rencontre avec l'écrivain? J'aime bien sa manière d'écrire, j'aurais voulu le lui dire... (Paraît que Dieu connaît pas mal de gens importants!)

Le mendiant

– Tu me donneras-tu une piécette?

Au moment où le mendiant de la rue d'en face croise mon regard, j'y lis tel un livre ouvert et ça dit:

– Ca y est, je tiens un pigeon!

Et je compris que je serai en retard à mon rendez-vous...

Le ciel du trottoir aux mille étoiles étant couvert, je l'invite à un couvert (resto sans étoile).

Autrement dit, je ne peux pas me résoudre à le laisser sous cette pluie battante et je l'invite dans un fastfood ! Les maux de la vie ont remplacé ceux de son langage, conjuguez cela avec son accent du terroir à la puissance dix, bref : je ne comprends presque rien !!!! C'est l'hymne à laya !! (montagne des incompréhensions humaines) Mais je m'accroche grave...

Au début, il me récite son texte (il a dû le faire tant de fois qu'il ne se rend plus compte des incohérences).

– Mes parents sont au ciel, ma famille m'a abandonné, je suis comme ça depuis mon suicide par pendaison et noyade (en même temps ?!).

Ecoute

Que quelqu'un l'écoute le réchauffe bien plus qu'un repas ou quelques sous.... (d'hab on le « paie » pour ne pas avoir à le faire). Troublé, il n'a pas prévu de réplique pour ce cas. Après un silence, il finit par dire :

– Je... je suis seul.

Il pleure.

Que faire pour lui ? Je suis si loin de chez moi, de mon petit pays de montagnes... Alors je lui donne le meilleur des endroits où s'adresser en cas de misère, je lui présente Jésus, mon ami invisible.

– Tu n'es plus seul maintenant, que Dieu t'accompagne. (vi paske moi, j'ai pas le temps, là, j'ai rdv !)

L'incroyable église

J'arrive enfin à mon rdv dans le brouhaha d'un pub enfumé. Croyez-le ou non, mais au beau milieu de cette foule, une église sans bâtiment se retrouve discrète mais sans gêne pour sa réunion. Les membres sont tels de vieux copains attablés devant une bière pour lire la Bible, partager et prier les uns pour les autres (original non ?). L'engagement est pourtant sérieux, pas saoulant. Ces rencontres « Bible and Beer » ont débuté avec un certain C.S. Lewis et un J.R. Tolkien (vi vi, les écrivains connus !). J'ai l'impression que c'est ce genre d'églises que Jésus vivait quand il était sur terre...

– Bon, les gars, c'est super de vous connaître, mais j'ai un autre rendez-vous avec les autres auteurs du salon du livre chéplus trop où... bye !

Le consulat de France

Le salon du consulat est fastueux ; je ne suis pas coutumier des décors aux mille moulures dorées, distinguées, ni des serviteurs dévoués en costard nœud papillon tout droit sortis d'un film dont je n'ai jamais vu la fin, mais c'est marrant : un ressort invisible les plie en deux chaque fois qu'on s'adresse à eux ! Les invités sont des personnalités VIP, (écrivains, auteurs de BD, politiciens,

journalistes, etc. Mais comment j'ai atterri ici moi ?) Je suis paumé, je ne reconnais personne... (aaah si seulement je lisais les journaux people !) Bah... au moins je peux me goinfrer de délicats petits fours. Je me retourne et disffcute la bouffche pleineff un peu superffffficfffiellement avec un gars fffsympa... et mais #*&]fff!! c'est **le** félèbre écrivain de la falle bondée de toute à l'heure!!!
– F'aime beaucouf ffe que fous fffaites!
Ai-je tout juste le temps de lui dire. Boum ! Une journaliste hypnotisée par son aura me le dérobe littéralement sous mes yeux pour le soumettre à la question ! (Que mes postillons le bénissent !)

Sacré Seigneur, va ! Je reconnais bien là ton clin d'œil… Finalement,c'est plutôt lui, **LE** grand écrivain, qui, si on lui donne page blanche, écrit avec nos vies, change nos causes perdues en fins heureuses et, en maître du rebondissement qu'Il est, transforme nos mentalités, car Il arrive à nous faire prendre conscience que les moments les plus forts d'une soirée, c'est encore ceux passés avec un clochard analphabète...

Belle tentative d'un évangéliste débutant,
mais pas très efficace… (peut faire mieux!)

Le pardon
Ne ramasse pas les cailloux
qui t'ont fait tomber,
tu ne vas pas en plus les
traîner avec toi et ne plus
pouvoir avancer?...
J-M Bigard

Dieu croit en toi

Dire:
«Je veux pouvoir d'abord
profiter de la vie avant de
suivre Dieu» c'est n'avoir
rien compris à ce qu'Il est,
ni a ce qu'Il donne.

Sagesse à la noix

La « mauvaise » herbe

Je suis à genoux dans mon jardin ; tout en enlevant les mauvaises herbes, je prie. En vérité, les mauvaises herbes n'existent pas, tout ce que Dieu a créé est bon.*
Un peu comme la plupart de nos activités...

* Exemple: l'ortie
- si elle te pique, c'est bon pour le sang,
- s'en faire un bain, bon pour le rhumatisme,
- la manger, c'est bon pour la salade,
- même la terre ou elle pousse est purifié par elle, etc. (dingue!)

Le plan du Jardinier

C'est juste que chacune de ses herbes vole de l'énergie à la plante que je désire vraiment voir grandir.
Pareil dans tes journées ; trop d'activités t'empêchent de t'occuper D'UN projet en particulier que le divin jardinier a planté... Ainsi, le jour de la récolte, il risque d'y avoir peu de fruits...

La priorité?
Bin moi, la première chose que je fais, c'est partir dans la forêt chercher Dieu ; je suis bizarre, hein? Mon fruit n'en sera que plus original (et vlan dans les dents!).

Le noyer

Mon ami Fredo a une petite piscine derrière sa maison.
En m'approchant d'elle, j'ai une terrible surprise : un noyer ! Mais, je vous rassure, il s'agit de l'arbre.
– Alain, sais-tu qu'il faut attendre 20 ans avant d'avoir des fruits?

La parole de mon ami me plonge si profondément dans un puits de réflexions que l'eau m'en remonte aux yeux...(**20 ans !?! p#*&!!**)
Ainsi donc, Dieu a conçu des projets qui ne porteront des fruits qu'après un long, très long temps et c'est normal... !

Un fruit à la noix
Ce fruit est bénéfique pour le cœur (il réduit jusqu'à 50% les risques cardiovasculaires).

Ton arbre

Continue de travailler la terre, d'enlever l'orgueil (étouffeur de vie, source de toute les disputes) et les cailloux (aridité du cœur). Continue de te remettre en question, d'arroser de prières, d'ensoleiller patiemment d'amour et d'attention, d'une foi positive cet arbre qu'est ton enfant, ta famille, ton couple, ton église, tes projets. Si tu ne vois pas encore de fruits, c'est alors qu'il se pourrait bien que tu aies un précieux noyer qui guérira les cœurs.

Massacre à la tronçonneuse

Les feuilles vertes presque transparentes diffusent les mille lumières des rayons de soleil, créant cette ambiance magique des ombres et lumières sur mon sentier de forêt. Le doux bruissement du vent accompagne mes discussions avec Dieu ; le parfum inimitable des fougères sauvages entoure la majesté élancée des arbres centenaires recouverts de mousse, tordus à souhait, tels des sages d'un autre temps.
Tout ça a disparu...
Leurs cadavres gisent çà et là sur le sol.

Tout un coin de la forêt a été littéralement rasé, mettant à nu mon petit sentier secret que j'aimais tant emprunter avec Dieu... L'odeur forte de bois coupé, pourtant d'habitude agréable, me prend aux tripes.

Plus de prière

Ce désolant carnage a des échos inattendus en moi, réveillant de vieilles blessures de mon cœur ; je suis abattu (tiens? moi aussi).
J'aimerais l'expliquer à mon Seigneur, mais le trop-plein d'émotions coincé dans la gorge empêche les paroles de se frayer un chemin vers lui, je n'arrive plus à parler...

Le dessin qui parle

Alors je me souviens du dessin que j'ai fait hier: Jésus tenant tendrement ses brebis contre lui.
– Seigneur, c'est... c'est ça, ma prière!
Etre comme cette brebis.
Instinctivement, j'ouvre ma Bible à la suite de ma lecture (pas que je sois le seul à parler) et voici exactement le texte: « Comme un berger, il paîtra son troupeau, Il prendra les agneaux dans ses bras, Et les portera dans son sein... » (Esaïe 40 verset 11)
Sa réponse si directe me touche, je suis carrément... waow! Quelle source de réconfort j'ai en Jésus! Et si peu de gens le connaissent... mais je ne les oublie pas car... la forêt est étendue et je m'y enfonce avec lui à la découverte de nouveaux sentiers, de nouvelles merveilles. Et, quand j'en sortirai, on sera tous deux prêts à affronter ce monde barbare.

Voici le dessin. Puisse-t-il être votre prière à vous aussi...

le progrès avance!

Il faut 150 ans avant de pouvoir couper un chêne, celui qui le plante, ne le fait jamais pour lui...
La sagesse nous enseigne à voir au-delà.

Quand tout un troupeau de prédicateurs noirs prêchent devant ma fenêtre !

Hier soir, assis sur mon lit, je ressassais tous mes défis (parfois récurrents). D'humeur morose, j'en parlais un peu au Seigneur avant de m'endormir.

Crois !

Ce matin (mais alors supertôt ! #Ç¿!), toute une volée de corbeaux tiennent une conférence **pile devant ma fenêtre**, tous prêchent en même temps !
« Juste un couple ! » dit ma femme, mais moi, je pense qu'il doit y avoir toute la famille réunie depuis les grands-parents jusqu'aux cousins lointains.
Contrarié (et surtout réveillé), je me retourne sous mes duvets essayant de me rendormir... quand tout à coup :
J'ai compris ! C'est une et même chose qu'ils n'arrêtent pas de me répéter :
– Crois ! Crois ! Crois !
Je passe en revue chaque sujet de morosité, en rajoutant « crois ! » à la fin.
Une joie véritable me saisit... (Croire, c'est juste ce qu'il manquait à ma prière, en fait !)

Vois !

Comme si ce n'est pas suffisant, un chien (purée, ça manquait au tableau !) vient s'ajouter à la cacophonie :
– Vois ! Vois ! Vois !
Hey... (?!) mais, c'est bien une logique d'en haut ça :
Si tu crois, tu vois (et non l'inverse).
C'est marrant, mais quand j'ai fini d'énumérer ma liste morosité, chien et corbeaux, tous sont partis comme par enchantement...
Ce matin, sur le chemin de la boulangerie*, il fait gris, mais dans ma tête, c'est plein soleil, j'ai la joie qui me pétille le neurone, yahouuu !!!

(* vi vi, c paske je chasse le petit déjeuner)

Quand Dieu s'en mêle

C'est la bataille ! Je m'escrime avec énergie, mais l'ennemi est tenace et je suis dépassé. Malgré mon arme à la main, aiguisée à souhait, je ne vois pas d'issue... S'agit-il d'une épée !? Non, juste un crayon de papier... euh, je dessine en fait.
J'essaie de remettre au goût du jour un vieux dessin, mais le bougre se débat. Rien à faire, j'ai beau le gommer et le retravailler, il y a toujours quelque chose qui ne me plaît pas ! Pourtant, je n'ai qu'un souci de perfection, rien de plus !
– Ah là là là ! Seigneur, viens à mon aide...

Je contemple ledit dessin : on y voit Jésus plein de compassion, épaulant une prostituée et un marginal alcoolique (dans son dos, des religieux le critiquent... trop nuls, ces gars !).

Illustration tirée d'*Idées reçues 3*

La visite

Je suis en pleine réflexion quand la porte du fond de l'atelier s'ouvre et un homme à la démarche légèrement chancelante s'approche dangereusement de moi...
Je le reconnais, c'est un peintre « maudit » de la région (maudit dans le sens qu'il galère à être reconnu).
Il s'assied à ma droite et de son regard hagard observe mon dessin :
– Pffff! Y a trop de détails dans ton dessin!
me lance-t-il et de poursuivre de plus belle avec ses «conseils» que je reçois en même temps que ses relents de bière... **Ça craint!** Maintenant, j'ai deux défis à me farcir : le dessin et un artiste!
Bah... Je lui offre un café.

Les 4 petits cartons

Il sort 4 morceaux de carton de sa poche et les dépose sur la table. Ils ont différents formats et sont délicatement découpés en rectangle :
– Ça, c'est ma vie!
Il brandit d'abord le plus grand carton :
– Je veux en consacrer 60% à Dieu !
Il me désigne ensuite les plus petits cartons :
– Je dois donc réduire mon temps de peinture à 20%.
Je garde encore pour moi 10% de travaux ménagers

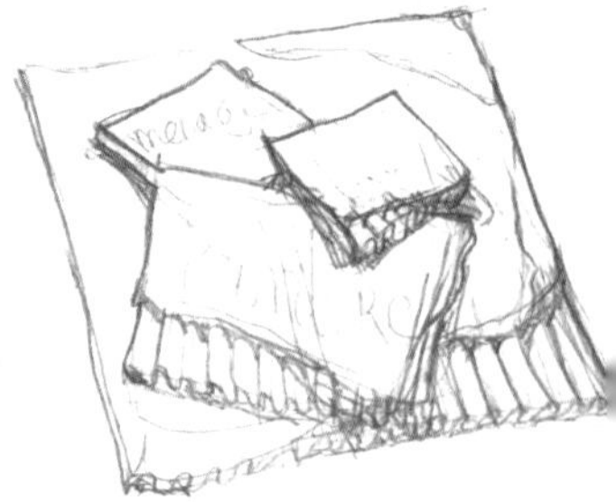

(genre la lessive) et les 10% autres sont pour... (désolé, mais je ne m'en souviens plus... je sais, c'est bête, mais c'est comme ça).
Silence.
Je suis touché par le cœur de cet homme qui, contre toute apparence, a aussi soif de spiritualité. Je ne le vois plus comme avant et je l'embrasse d'un regard bienveillant...

Le 5ème élément

Je me saisis alors d'un carton encore plus grand que tous les siens:

– Regarde Xyzwhg (ce n'est pas son vrai nom)... on va dire que ce carton c'est Dieu, ok? Je rassemble tous ses petits bouts de vie (les petits cartons) et les mets sur Dieu (le grand carton)... (ça va? z'arrivez à suivre?)

– Ta peinture, fais-la pour lui (un peu comme moi), que chacun de tes tableaux soit une louange et un cri de joie que tu lui offres. Que le public, en les voyant, soit touché. Ta lessive, fais-la pour lui, pour que, quand Il te visite, chez toi ça fleure bon et que tes invités se sentent accueillis.
Ton « chépluquoi », fais-le pour lui, ainsi tes « chépas » seront habités... Ce qui te reste, discute avec lui...
Car « être » est plus important que « faire » (parce que sans relation c'est la mort). Bref, quoi que tu fasses, fais-le par amour!
Waow! Le peintre: scié (désaoulé d'un coup!) et moi pareil. Purée! Mais c'est qui qui parle à travers moi?!...
Xyzwhg a quitté l'atelier en plongée sous-marine dans ses pensées et moi aussi, mais de nouveau devant mon dessin...

Révélation

J'ai appelé Dieu au secours et lui il a carrément matérialisé mon dessin... (Heureusement que je ne dessinais pas un dragon à trois têtes!) Tout comme les religieux de mon illustration, j'ai d'abord méprisé mon prochain... Mais, finalement, j'ai eu la victoire sur mon dessin! Comment? Très simple:
j'ai appliqué à la lettre les « conseils » du peintre...

A Montréal, les boulangeries, c'est unique !

Ce n'est pas juste un endroit où l'on fourgue du croissant à du client… Non, non, ici les étudiants y restent pour faire leurs devoirs, les vieux pour y lire le journal et les dessinateurs de BD du Jura suisse de la rue de la Malathe 14 qui s'appellent Alain y dessinent entre deux spectacles d'humour.
– Puis-je petit déjeuner avec vous ?
me demande un parfait inconnu (si si, c normal ici, les gens ont l'habitude d'être sympa).
Très vite, je sympathise avec le gars et sa copine. Elle a de superbes bottes en caoutchouc vert, le sourire malicieux et les cheveux en pétard qui s'harmonisent parfaitement avec l'endroit et l'ambiance. La discussion enjouée qui s'ensuit est accompagnée d'une troisième voix, chantée par l'air frais et matinal dirigée de la main d'un chef d'orchestre invisible jouant avec tous les éléments en présence. Son brio et son génie atteignent leur apogée au moment même où cette complexe symphonie se traduit dans la simplicité du partage.

Tout à coup, ils se taisent tous deux en regardant le dessin que j'esquisse tout en parlant. Visiblement quelque chose les choque…
Pourtant, ce n'est que le simple croquis que ma main, avant même leur venue, a élaboré en douce, profitant que ma tête soit occupée ailleurs. Il s'agit d'un petit personnage affublé d'une énorme tumeur sur le côté gauche de son visage… (une histoire pour ma prochaine BD)
Le Canadien, le regard perplexe, me pose alors cette étrange question :
– C'est mon portrait ?
Je ne comprends pas sa question… Comment aurais-je pu faire son portrait ? Je ne l'avais jamais croisé auparavant. Il tourne alors son visage, dévoilant ainsi son profil gauche que je n'avais pas vu jusqu'ici, et je comprends. Il a une énorme cicatrice, témoin d'une opération

récente. Il y a peu, il ressemblait exactement à ce dessin…

Toutes les personnes présentes à la table me fixent d'un regard un peu interloqué, conscientes du surnaturel de la situation…

– Ah ouuuui c'est normal! Vous ne le remarquez que maintenant, mais Dieu, comme à son habitude, est assis à la table avec moi et ce genre de circonstances, c'est signé Jésus…

Je vous présente…?

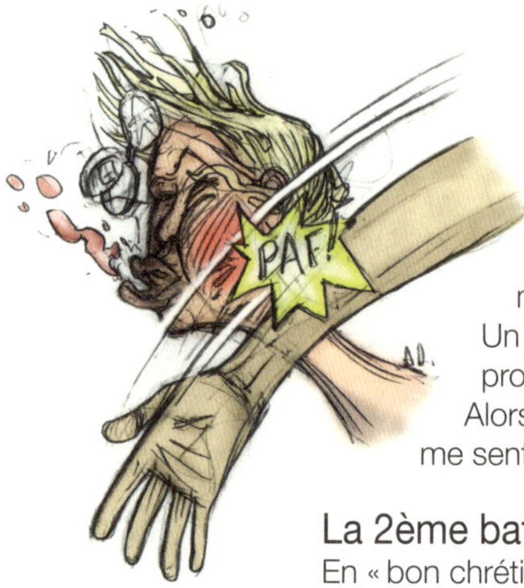

Deux baffes

L'offense

Je comprends vite quand on m'explique longtemps…
Un ami s'est moqué de ce travers qui m'est propre devant mes enfants et mes stagiaires. Alors qu'il riait seul à s'en tordre les boyaux, je me sentais superhumilié…

La 2ème baffe

En « bon chrétien » je me dis :
– Bah… je m'écrase et j'oublie.
Mais Jésus n'est pas de cet avis :
– Si quelqu'un te frappe sur la joue droite, présente-lui aussi l'autre. (Mat 5:39)
Ainsi, je ne dois pas « oublier », mais retourner et lui dire :
– Tu m'as fait du mal !
S'il est normal, il se justifiera :
– OK, mais ce n'est pas que ma faute, mais aussi de la tienne ! (ou celle de la société), j'ai eu raison de le faire, bla bla bla…
Et pour moi, ça sera pareil que **LA 2ème BAFFE !**

Paf !

Je retourne vers mon pote et… Incroyable, il me demande pardon sans me gifler ! ("justi- gifler" si vous préférez) Ce genre d'ami est rare (à conserver précieusement).

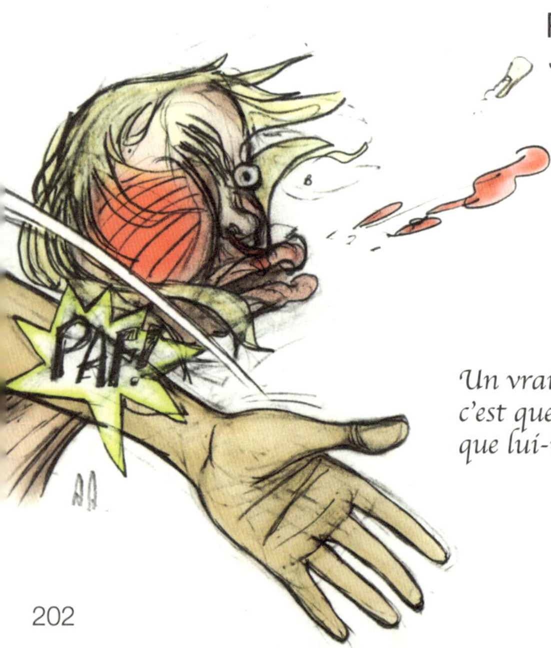

Un vrai superhéros,
c'est quelqu'un plus fort
que lui-même.

Tous est permis tant que tu ne te fais pas prendre?

Un ancien musicien de Saahsal sonne à la porte de l'un de mes amis. En pleurs, il lui demande humblement pardon de l'avoir critiqué, et cela alors même que cet ami n'avait pas été mis au courant. Pourtant les gens ne demandent pardon QUE s'ils se font prendre! (?!)
Ce dernier témoignage m'impressionne plus encore que celui de ce chrétien que j'ai rencontré un soir qui, lui, avait ressuscité plusieurs morts! (sérieux!)
Depuis, j'ai pour cet ami une immense estime dans mon coeur (même si je ne le lui ai jamais dit avec des mots).

La valeur d'un homme, ce ne sont ni les grandes connaissances bibliques, ni les titres (d'ancien, d'évêque, d'éminent responsable des chaises alignées dans l'allée de gauche ou de grand mufti de la choucroute garnie des apôtres des derniers jours), ni le nombre de miracles accomplis, ni le talent de moralisateur auprès des « êtres inférieurs » (c.-à-d. : « les autres ») qui font le niveau spirituel d'une personne (malheureusement, ce ne sont souvent là qu'un vernis religieux derrière lequel on se cache…), mais bien sa qualité de repentance à reconnaître ses torts... et sa capacité à changer.

Ce qui fait la grandeur d'un homme,
c'est son humilité.

Combat spirituel

Rendez-vous peu commun…

J'ai un rendez-vous dans le jardin derrière la maison avec Dieu. (Oh! oui, il y a aussi de belles plantes, mais bon…pas celle du samedi soir, ok?).
Assis au milieu du jardin sur une chaise bancale à la dérive dans une mer d'herbe à moitié engloutie par les plantes grimpantes… je l'attends, (Dieu n'est jamais en retard, c moi qui suis en avance). Il va sûrement m'apprendre quelque chose aujourd'hui… (?)
J'écoute les plantes pousser.
Quelle jungle formidable ce serait si j'étais de la taille d'un playmobile… le kif!
Soudain, misère, mes yeux s'arrêtent et se rétrécissent à mesure que s'accroît ma déception, car là devant moi, s'étale « l'empire du mal » (à prononcer d'une voix grave).

Le règne des épines

En effet, le fond du jardin est le royaume des épines de mer... deux fois trois (je ne l'ai pas dit!).

A peine je m'approche qu'elles m'accrochent sans raison (soi-disant que je suis trop près, pfff n'importe quoi)... En plus, elles prennent un malin plaisir à m'égratigner ma face de chrétien innocent...

Ma foi... c'est comme ça!

Aussi loin que je puisse me souvenir, j'ai toujours connu cet endroit ainsi. Il me fait penser à certains terrains épineux dans ma vie, avec lesquels je dois « faire avec »... (on en a tous un, pas vrai?) Tiens?... et si je le voyais autrement?

Combat spirituel

Un sécateur dans une main, la prière dans l'autre, je sectionne les branches assassines du buisson de la mort :

– Oh ! Dieu, de la même manière, enlève ces épines de mon caractère, et là celles de cette relation, et là, celles de ce problème précis…

Si j'avais des voisins avides de sensations, de mystère, ils auraient été servis ! Car chaque matin pendant une heure, les tas d'épines tremblent chez moi, laissant échapper des imprécations solennelles genre :

– Au nom de Jésus, je te coupe ! et toi aussi ! Aïe ! #*@!! Tiens, prends ça toi aussi ! Aaaha !! Hey toi ! lien malsain avec le passé ! Crac !

Je sectionne les liens d'épines en même temps que ceux de ma vie.

Oups ! Quelque chose qui bouge !

Dans la semaine, la personne pour qui je prie le plus, au hasard d'une conversation me montre son bracelet noir garni de pointes de fer et me dit :

– Tu vois, j'ai des épines…

Dingue, non ?!

Les gants de la justice

Un jour, une personne âgée me donne de super-gants de cuir neufs, comme ça, sans raison, bizarre mais bon… Grâce à eux, maintenant je saisis aisément à pleine main des poignées d'épines comme si de rien n'était. Ces gants me font penser à la justice qui nous recouvre lorsqu'on confie sa vie au Christ.

Je déconseille vivement à quiconque de s'attaquer au monde spirituel sans être totalement recouvert par elle !!!

Mais l'usure a occasionné un tout petit trou de rien du tout à l'un des doigts du gant (le majeur ! tu m'étonnes…). Et c'est sur cet endroit non couvert que je me blesse souvent jusqu'au sang.

– Seigneur, y a-t-il un domaine de ma vie que je ne t'ai pas remis ?

La fin d'un monde

Au bout d'une semaine le terrain a changé.

– Et maintenant, Seigneur ? Qu'en est-il du terrain de la « vraie » vie?

Croyez-le si vous le voulez, mais c'est alors que c'est arrivé : Comme ça, sans prévenir, sans que je le touche, le smartphone que j'ai à la main me cite à haute voix un texte de la Bible (je l'ai en entier sur mon phone) :

– *Ainsi parle le Seigneur qui a fait l'univers… je consumerai et dévorerai ses épines et ses ronces, en un seul jour !*

… J'aurai préféré un changement immédiat, mais une promesse de changement de sa part… C'est cool !

(Mais j'y pense... il est possédé ce téléphone, ou coa!?)

Les bienfaits du combat

Maintenant, le soleil a libre accès au fond du jardin, l'herbe tendre peut enfin commencer à pousser. Mes enfants (et leurs petits-enfants après eux) y marcheront à pieds nus en toute quiétude et s'y prélasseront dans la douceur du soir d'été.

Et, aussi loin qu'ils puissent s'en souvenir, c'est ainsi qu'ils auront toujours vu ce terrain.

Le mot de la fin

Vos malheurs ne sont pas une fatalité… bon combat !

Moi, il ne me reste plus « qu'à" creuser les racines et à arracher les morceaux de fil de fer rouillé… J'ai débarrassé plusieurs fois cette quantité d'épines aux déchets végétaux

Le pirate du dimanche

Ai-je envie ou non d'aller au culte?J'ai dessiné jusqu'à 4h du mat la veille et je mérite bien une fois une grasse matinée, non? Bah, maintenant que j'ai ouvert les yeux... et ça le fera bien d'être là...

Je dors debout...

(Petite astuce quand vous somnolez pendant le culte: dites de temps en temps « amen » pour qu'on croie que vous priez)... Confortablement installé à ma place fétiche, je n'attends pas grand-chose du culte. J'ai déjà réussi à placer une réflexion hautement spirituelle à l'attention de mon voisin:
– C'est mou de la louange ce matin, non?
(En fait, elle est parfaite, cette berceuse avant le message)...

Mais... Ach! malédiction! voilà t'y pas qu'un cas social s'assied à côté de moi... Il a la parfaite bouille du pirate en disgrâce, une jambe de bois (vraiment), l'œil qui cligne à cause de la fumée du « stoump » (sorte de cigare très malodorant), il sent déjà la bière et marmonne dans sa barbe (fort, mais on ne comprend pas)...
Pendant le message, il me raconte sa vie (décidément: impossible de dormir!)... Tels les éclaireurs de l'armée de justice et bienséance, les auditeurs du rang de devant nous ont repérés. Déjà leurs regards nous épient derrière leurs épaules, menaçant de promptement nous tomber dessus, parachevant ma gêne coupable d'un «chut!» immérité.
Puis il y a ce chant de louange qui parle de la tendresse de Dieu pour nous... Et, brusquement, tout s'arrête dans ma tête. Une larme a coulé des yeux du pirate, touché par le cantique. Je suis ébranlé.

Le soir, au moment du coucher, je lis au hasard une histoire de la Bible à ma petite Océane-Aimée (bon, elle a bien grandi depuis)... C'est dans Luc (chapitre 7, verset 36) et pour faire court, je vous la raconte à ma manière, ok?...

C'est l'histoire de Simon, le pharisien (homme d'église respectable), qui invite Jésus à manger. Mais... Ach!, malédiction! Voilà qu'une prostituée déglinguée vient casser l'ambiance... Elle se jette aux pieds de Jésus, les mouille de ses larmes, les essuie avec ses cheveux, leur verse un litre de Chanel 5 dessus et les embrasse de mille bisous... LA HONTE!!
Simon et les autres pharisiens sont outrés; comment Jésus peut-il laisser faire ces scandaleuses insanités? Mais voici ce que Jésus répondit...
– Simon, toi, tu ne m'as pas donné d'eau pour mes pieds (dans ce temps-là on buvait par les pieds... enfin, c'est ce qu'il me semble)... tu ne m'as pas fait la bise et tu n'as même pas mis de parfum sur ma tête (tiens, ça, c'est une coutume qu'on pourrait reprendre, au boulot, quand ça sent sous les bras des collègues)...
ALORS QU'ELLE, OUI... elle a fait cela car je lui ai pardonné ses nombreuses fautes et elle m'en est très reconnaissante. Mais toi, tu n'as aucun égard pour moi, tu n'as aucune reconnaissance...
BLAM!!... Et moi, ce matin, j'étais plutôt Simon ou plutôt la prostituée repentie?

Pardon, Seigneur, voilà des années que je vais au culte... Mais que dorénavant, à chaque fois, tu reçoives de moi une reconnaissance et une adoration « culte »!

Combat pour les terres oubliées !

L'une des terres les plus abandonnées des missions, c'est encore la nôtre ! Je suis choqué quand j'entre dans un magasin de la non-présence de Dieu.
- Mais c'est normal ! On ne vend ni musique, ni livre le concernant ! Il en a toujours été ainsi !
Est-ce une raison pour trouver cela normal ? Il y a bien des milliers de philosophies et de croyances (exemples : l'astrologie, les contes avec des magiciens et des trolls)... Pourquoi Dieu n'aurait-il pas sa place dans notre société ?

Okay, c'est vrai, il y a le rayon légumes, quelqu'un pourrait être touché en observant la beauté de la création d'une feuille de chou... mais bon... pour l'instant, je n'y ai pas vu beaucoup de conversions au rayon légumes.

Avec victoire ou non...

A la suite d'une bagarre digne d'un lion-ninja pour que mes BD puissent y être et qui s'est soldé d'un début de victoire (ok, c'est vrai, elles n'y sont qu'au moment de leur sortie... mais bon), je revenais d'une tournée en fin de semaine dans les écoles du Valais pour partager mon témoignage ainsi qu'user une partie de mon week-end pour animer une église-restaurant, (un culte brunch si vous préférez). Les gens mangent pendant que tu parles, bref, après tout ça Dieu m'a dit (à travers quelqu'un, ce n'était pas par phone cette fois) que, même si je faisais rien de tout ça, que si j'étais juste moi, il m'aimait.
Je sais, c'est simple comme chou...
mais moi, ça m'a fait pleurer.

ceci est une image rapprochée du rayon légume...

Le veilleur de la forêt

Une fois de plus, mon bras droit me réveille. Ce n'est pas qu'il ait une volonté propre, c'est juste qu'il me fait mal.
Sur les toilettes, encore embrumé par le sommeil, un chant de ma femme écouté la veille, a réveillé le souvenir d'un pote qui a sombré dans la drogue…
Je sors.

La nuit

J'aime les vraies étoiles, car malgré leur grandeur, elles ont su rester petites et silencieuses (sans tapage médiatique…). Tiens (?!) La lune me fait un clin d'œil (demi-lune).
La nuit s'est prise dans les branches des arbres, c'est pourquoi elle reste un peu plus longtemps dans la forêt. J'aime l'odeur fraîche des bois profonds qu'elle laisse derrière elle. Tout me parle d'un jour naissant contenant une promesse de renouveau.

Le veilleur de la nuit

Et là, pourtant loin de tout, j'entends un homme siffler dans les bois (mais keske ? Et si tôt ? que ?!)
C'est peut-être un gardien charger de réveiller le jour ?
A son passage, les oiseaux commencent timidement à chanter… Ce n'est pas la première fois, que je l'entends, mais aujourd'hui le siffleur est sur mes pas. Le son de son chant se rapproche de plus en plus…
La tentation de me fondre avec les arbres de la forêt et de goûter à ce malin petit plaisir qu'est de voir sans être vu me fait du pied…
(Ce n'est pas que je me cache, mais simplement que je ne bouge plus…)

Le secret

C'est ainsi que j'y ai déjà croisé l'un ou l'autre stagiaire en visite à l'atelier. Alors qu'absorbés, ils passaient tout près de moi, je découvrais un bonheur encore plus grand que celui de crier:
« Bouh! »
Le son de leur prière (vi paske c'est pour ça qu'on va dans la forêt) était comme un baume pour mon âme et cette rencontre connue de moi seul, un secret que je garde en mon cœur tel un manteau de respect dont je les couvrais à mon prochain regard sur eux.

La rencontre

Aujourd'hui, je me laisse trouver… cette sentinelle m'intrigue (à quoi bon fuir). Je m'assieds sur un tronc situé pile poil à la frontière entre le jour et la nuit. A ce moment précis, un vieil homme à la crinière d'argent surgit doucement des buissons, je crois que je l'ai un peu surpris… et c'est là que je réalise que ma présence est tout aussi insolite que la sienne. Peut-être qu'il a pensé que j'étais la relève…?
Nous avons échangé quelques mots banals laissant volontairement notre part de mystère intacte (il n'en est que plus beau). Comme il est venu, il repart, basculant avec lui le temps sur « jour ».

La richesse invisible

Je reste là pensif... et médite… La forêt s'est enrichie depuis hier, car une jeune fille en stage chez moi vient elle aussi y chercher Dieu… puisse-t-elle garder cette habitude toute sa vie…
Si tous faisaient de même, peut-être bien que le jour se lèverait aussi pour ceux qui sont encore dans la nuit…

Si quand tu pries, tu demandes de grandes choses, mais ne t'attends à rien, tu seras exaucé!! Tu ne recevras RIEN.

(Ou pas... avec l'humour de Dieu, on ne sait jamais....)

Peau de banane...

Tout innocemment (presque pas exprès) je consulte mon ordi et... PAN! C'est l'accident! Un e-mail m'assène la mauvaise nouvelle en pleine face: le grand distributeur québécois qui distribue mes BD arrête de travailler avec moi!... Quand tes associés ne croient plus en toi, c'est la deuxième pire chose qui puisse t'arriver dans ton ministère (la première c'est quand c'est toi)...

Direction : l'hôpital

Encore sonné, je sors de mon atelier.
Jésus (à qui j'ai laissé les clefs de mon « appartatête ») m'a laissé un simple message dans une pensée:
– Rendez-vous vers l'hôpital...
De là, je franchis quelques clôtures barbelées et électrifiées (je me ris des obstacles!) pour aboutir au beau milieu d'une vaste prairie opulente. Trônant sur l'étendue verte caressée par la douceur du vent, un grand arbre attire mon attention... Ses larges branches, qui frôlent à peine l'océan végétal, sont tendues vers moi. Naturellement, je me réfugie dans ses bras bienveillants.
Assis à ses pieds, j'attends Jésus, lui qui, bien qu'invisible, sait être si intensément présent...

Je ne sais pas trop ce que les larmes qui perlent abondamment sur mes joues lui disent... Parlent-t-elles des habitants du Québec que je ne peux plus atteindre? Ou bien s'apitoient-elles sur mon sort? Mais, peu importe, Il sait lire ce courrier encombrant et le recueille dans sa « boîtacœur ».

... et pot de bananier!

Je ne sais pas pourquoi, mais je n'arrête pas de penser à l'énigme du bananier... Il y a quelques mois, j'en ai reçu un tout petit dans un pot beaucoup trop grand pour lui...
Fait étrange, il n'avait jamais soif... Et, plus grave encore, il ne grandissait pas!
J'en ai eu marre de le voir crevoter, alors je l'ai « démonté », histoire de voir ce qui se passait dans sa vie intérieure (ses racines si vous préférez)...

– Misère! La terre était imperméable! Je me suis alors empressé de la remplacer par un bon terreau et remis le tout dans un pot plus petit et franchement plus adapté... Les jours ont suivi, j'étais sûr qu'il allait mourir…
Mais tout d'un coup, il s'est étiré d'une grande feuille, tout comme je le fais à mon réveil.
– Tu vois, Alain, le Québec c'est pareil… Ton distributeur était grand, mais il n'avait pas soif! (Au fait, si vous non plus n'avez pas soif d'en vivre plus, c'est que votre foi est EN DANGER DE MORT...)

Canada banana

Animé d'une force nouvelle, je retourne à mon atelier. Je téléphone au petit distributeur qu'il me reste au Québec (LLB) et malgré la distance nous prions pour les Québécois que nous aimons tant…
Il m'assure de son soutien logistique pour ma prochaine tournée là-bas.
Et je comprends…
Oui, il est petit, mais il a une foi qui a soif...
Alors, forcément, ça va grandir!

Quand Dieu ferme une porte, Il en ouvre toujours une autre...

Ne pas mépriser les petits efforts !

Peut-être vous dites-vous que vous n'êtes pas capables de grand-chose, mais ce n'est pas vrai !! Car chaque regard bienveillant, mot gentil, prière (même courte), petite attention, bonne volonté au quotidien, etc. (surtout les etc.) fait **fidèlement** est très **puissant !** Vous ne vous sentez pas cap de changer le monde ? Mais une petite chose dans la minute qui suit ? Mises bout à bout, elles changent des couples, des familles, des églises, l'ambiance au travail, elles bouleversent des quartiers, des nations, des… (bon ça va, on a compris !).

dessin tiré d'*Idées reçues 3*

Le cri du vieux chinois

K7 !?!

Ce matin-là, lors de ma balade matinale en forêt, j'avais le peuple chinois coincé dans un recoin du cœur (rien que ça !). Je l'avais contracté à l'écoute d'un récit émouvant relatant le quotidien d'un vieux missionnaire chinois s'efforçant au péril de sa vie et avec passion de partager la bonne nouvelle de l'amour de Jésus.
Ce n'est pas tant l'amour qu'il avait pour son peuple qui m'avait parlé, ça serait plus exact de dire que ça m'avait crié. C'était sur une cassette* (de Portes Ouvertes) qui traînait dans le fourbi de mon atelier.

(* info pour les jeunes :
les K7 c un peu comme un CD** mais avec des fils… !).
(** info pour les enfants :
un CD c comme un MP3*** mais en super encombrant)
(*** info à ceux qui naissent :
un MP3 c comme un Xyzblbl mais en plus nul)

C'est trop, c'est trop…
Je décharge mon fardeau dans l'oreille du Seigneur :
– Tu ne pourrais pas faire que ma BD sorte en Chine ?

Loin de tout

Vous ne vous rendez pas compte, c de la folie de demander ça… ! Car l'ambition des bâtisseurs-pilleurs qui décident de la couleur moderne de nos goûts de société a (pour l'instant) épargné mon petit coin de pays jurassien. Ici, je suis bien loin des puissants éditeurs ayant l'obscur pouvoir «magique» de publier en Chine !

Ici, dans mes promenades de campagne, les sapins du haut de leur grand âge observent le temps passer dans une totale indifférence pour nos préoccupations éphémères, (percer en Chine ! Ha ha ça les ferait bien rire !). La nature distille une sagesse d'une subtilité infiniment plus riche et peu de passants ont le privilège de s'en rendre compte, car pour ce faire, il faudrait s'arrêter. Mais tous courent en direction des villes pour attraper le vent.
Ici, près de la forêt, les discussions technologiques les plus virulentes que je croise sont celles du vieux Simon vivant dans une caravane dans les bois cherchant à comprendre ce mystère insoluble : « Comment une boîte aux lettres a réussi à se caser dans l'espace si restreint de son téléphone ?!? » (et purée il n'a même pas de #% de fil !)
Mais, si je suis loin de tout, Dieu (à qui je partage justement tout) connaît bien des gens influents, Lui...

Ecoute

Je branche mon attention sur écoute... (J'ai compris que les grosses voix caverneuses pour durs de la feuille avec éclairage de spot 1000 watts dans la face c pas trop son truc... je le soupçonne même d'être un peu timide...).

Le miracle

Arrivé à l'atelier, je quitte la forêt pour en trouver une autre, (j'ai plein de plantes). J'arrose un palmier ou deux, m'arrose moi-même les papilles gustatives d'un bon café, puis me fraie un passage dans la créativité ambiante qui plane telle une brume tropicale jusqu'à mon poste de travail.
J'ouvre mon ordi, tout un tas d'e-mails s'en échappent et se déversent pêle-mêle sur mon bureau. (dans quelle forêt de courriels, cet abruti d'ordinateur a encore gambadé cette nuit ?!) Parmi eux tous :
– Bonjour, je suis chinoise, j'aime beaucoup vos BD...
Petit silence...
– Haaaa... je t'ai reconnu... c'est toi Seigneur, hein ?

Bref, j'ai pris contact avec elle et la BD est sortie en Chine !

Oui, mais non !

En Chine… euh plus précisément : à Taïwan.
Mais pour être honnête ma BD ne passe pas encore la frontière de la grande Chine populaire. Les ventes sont superfaibles et je n'y gagne que la joie d'imaginer que cela touche sûrement quelques personnes par là bas…
Mais j'ai toujours l'espoir de passer la deuxième frontière, que le vieil homme est encore vivant, et que mon livre touchera vraiment son peuple…

Nouvelle chance

Dernièrement, un jeune missionnaire de Chine a toqué à la fenêtre de l'écran de mon ordi, m'informant qu'il allait présenter mes BD à un éditeur de Pékin. Quasi au même moment, j'ai reçu une étonnante visite surprise ! Hélène la Chinoise, accompagnée de toute sa petite famille, se tenait sur le pas de la porte ! (Ils vivent à Paris, mais quand même, c dingue non?!)
Devant l'email de Pékin, ils ont prié, ouvrant dans le monde invisible une nouvelle porte pour toute une nation.

Je suis ému ; une fois de plus, je suis témoin que pour ses projets les plus spectaculaires (paske ça va l'être !) mon Créateur utilise de simples petites gens.
Maintenant, j'attends… Je sais que d'habitude les éditeurs disent non, mais je m'accroche, et je veux croire…

La jeune Chinoise m'a écrit dernièrement un petit mot pour vous ; j'ai été touché de découvrir les détails des circonstances… comme quoi, rien ne se fait de nouveau sans un pas de foi.

Courrier d'Hélène

Avec le groupe de jeunes de l'église, nous planchions pour trouver une activité à faire quand tout à coup l'un des jeunes sort de sa léthargie, Il va chercher une BD. Ce garçon connaît presque par cœur des passages entiers du livre, il nous les cite à haute voix. *Idées reçues*, restée dans la bibliothèque depuis un moment. Je vois une étincelle de foi chez lui. Et là, je me suis dit:
– Et si j'envoyais un mail à ce célèbre dessinateur pour l'encourager?
Ledit dessinateur demande s'il peut m'appeler.
– Qu'est-ce qu'il peut bien vouloir celui-là?
Il me parle de la Chine, de son amour pour ce pays, de sa tristesse pour les persécutions. J'ai été touchée par son enthousiasme, sa simplicité. Je lui dis:
– Quelle coïncidence, j'ai une amie qui part en fin de semaine à Taïwan, envoie-moi tes BD, je te les achète et je m'occupe des frais d'envoi.
Il ne savait pas qu'il ne me restait qu'un petit quelque chose à la fin du mois et que tout cet argent allait partir pour ce colis…

– Mais t'es folle ou quoi?! Tu ne le connais même pas et tu vas tout donner pour l'aider? Et tu n'es même pas sûre qu'on trouvera un éditeur!
me dit mon mari, qui heureusement pour notre foyer, est plus raisonnable que moi. Et j'avoue que je n'avais pas d'arguments à lui présenter…
Il est chouette mon mari, il est tout de même allé chercher le colis et l'a fait parvenir à mon amie Isabelle. C'est une bonne commerçante, je suis sûre qu'elle fera de son mieux.
On m'a réclamé des frais supplémentaires (taxes de je ne sais quoi), et le mois suivant, j'ai dû à nouveau payer et vider la caisse…
– Ai-je bien fait Seigneur? Pourquoi ai-je fait cela?
Je pensais à la veuve dans l'histoire d'Elie, qui a donné le peu qu'elle avait… Elle était dans une situation bien pire que la mienne et elle a tout de même aidé Élie. Elle a donné. J'étais très heureuse de me dire:
– Si le livre est publié, tant mieux, sinon je sais que j'ai

fait de mon mieux pour aider un serviteur de Dieu. Quand Isabelle a téléphoné pour me dire qu'elle avait trouvé un éditeur, j'étais tellement heureuse, et ce, autant pour la publication du livre en Chine que d'avoir eu la joie de donner.

C'est l'une des expériences qui ont marqué ma vie. Si je regarde toute la série de défaillances, de bourdes, d'erreurs que j'ai faites, je suis contente pour une fois d'avoir eu la « bonne note ».
Le Seigneur m'a remplie d'une joie indescriptible.

Alain m'a aussi dit, quelques années plus tard, qu'il avait essayé à plusieurs reprises d'atteindre la Chine, mais c'est uniquement cette fois-ci que ça s'est révélé concluant.

Dieu aime lorsque le croyant donne avec joie. Je ne parle pas que d'argent... Quand on « pinaille », ça finit par gagner le caractère puis le cœur. On croit, mais on ne se donne pas aux autres, à Dieu. Et on finit par être «secs» : c'est triste de se limiter ainsi.

J'apprécie non seulement le talent d'Alain, mais surtout son cœur pour Dieu et les autres. Nous nous appelons de temps en temps et je remercie sincèrement le Seigneur, car il a aidé notre famille à des moments difficiles de notre vie. Il m'écoute, prend tout le temps qu'il faut et nous conseille. J'ai perdu très très peu ; j'ai gagné beaucoup.
Je regrette de ne pas l'aider autant que sa famille et lui le mériteraient… Cela se voit dans ses BD, il se donne à Dieu sans compter. Comment ne pas le faire quand notre Dieu nous a tant donné ?

Hélène

Maudits chrétiens !

Viens à l'église (qu'ils disaient…)

Jonny (ce n'est pas son vrai nom, c'est pour pas qu'on sache que c'est Michel…) bref, Jonny est dans la zone (milieu de la drogue) et j'aimerais tellement qu'il puisse découvrir des chrétiens qui sauront l'aimer.

– Viens à l'église man, tu verras, c'est super !
que je lui dis…

D'une zone à une autre

En ce temps-là, mon église était dans un endroit si paumé, que c'en était gratiné. Même le train n'arrive pas jusqu'à ce village…

– Attends-moi à la gare Mich… JONNY.
Je fais le trajet restant en stop, arrivé à l'église, on me prête une voiture et je reviens te chercher.

– On va te prêter une voiture comme ça, man ?

– Sûr man*, car nous, on est comme une millefa (famille) !
(*man c un surnom pour gens cool)

Une nouvelle lueur brille dans les yeux de Michel, il va rencontrer une communauté de gens exceptionnels ! (Hein quoi ? Ah oui Jonny oh !)

Auto Stop

Personne ne me prend ! Ce monde c du chacun pour soi ! Et, si ceux qui ont un poisson (ichtus) dans le derrière (de la voiture !!) ne s'arrêtent pas, c'est sûrement paske ce n'est pas leur voiture ! (Un chrétien leur a prêté !)
3/4 d'heure de trajet à pied plus tard, j'arrive à l'église !

Prends ça dans ta face, man !

Je m'approche d'une chrétienne qui prie souvent les bras en l'air, lui explique le problème et elle me lance :
– Non ! Je ne prête pas ma voiture !
(… s'il y a un problème c la faute à personne et c pas pask'on est gentil qu'on ne doit pas être méchant, et patati et patata et j'ai raison…)

Auderset quitte l'église! (en voiture)

Je suis anéanti ! Tellement déçu… Mais alors, que fait-on ici ? du cinéma ?!
– Puisque c'est comme ça, je quitte l'église !
Je vivrai ma foi tout seul ! J'ai pas besoin de m'entourer d'hypocrites ! Alors que je me dirige vers la sortie, j'entends une pensée :

– Si tout les « cools » quittent l'église, il ne restera que les « cons »…
(Moi j'suis cool pask je dis « Jonny » ainsi que « man »)
– Toi, tu garderas la foi, mais quelqu'un comme Michel ? Ne jettera-t-il pas le bébé avec l'eau du bain ?
Autrement dit : il jettera Dieu, alors qu'en fait, il n'a eu de problème qu'avec ses fans (comment ça, j'ai dit « Michel »?! Sûrement pas, je l'aurais remarqué ! En plus c pas moi, c Dieu!)
– Ok, Seigneur, je reste à l'église… pour faire une différence et accueillir les Michel qui y viendront…

Reboosté, je trouve le courage pour demander la même chose au guitariste de l'église.
– No problem l'ami, voici les clés.
fait-il sans hésiter,
– Fais juste gaffe, pask que les freins ne marchent pas !
rajoute-t-il l'air de rien.
MichONNY (pfff ! j'ai eu chaud !) m'attend toujours à la gare. Et ainsi nous avons pu assister au culte ensemble….

20 ans plus tard…

Depuis j'ai été encore déçu par d'autres chrétiens… et pour des raisons bien plus terriblement pires encore (et à la puissance 10 !!). Etre blessé, trahi, maudit, épilé, (s'appeler Michel et avoir son nom publié dans un livre alors qu'on aurait aimé être incognito), etc. par ceux à qui tu ouvres ton cœur reste toujours une déception amère…

Le culte du changement

Pour en revenir à mon pote de la zone, c'est pas tant lui, mais plutôt MOI, qui ai vécu une expérience marquante ce matin-là… Car c'est le jour où j'ai définitivement fait ce choix : Même si je suis déçu de ma famille, je ne cesserai pas pour autant d'en faire partie.

Willy Grunch dans *Idées Reçues 2*

Le courrier d'Eve

Discrimination dans certaines églises

Echange de courriels...

Bonjour !
Après moult réflexions en tous genres, je me décide enfin à vous écrire...
Je suis tombée dans la Bible depuis petite… je suis allée à l'église depuis mes premières couches-culottes. Malheureusement, on nous a fait croire que nous étions de mauvais chrétiens pas dignes de l'être, car ma famille est un peu bohème et artiste… et que nous ne répondions pas au standard parfait de cette église.
Je me rappelle toujours de ces autres filles au groupe de jeunes qui étaient toujours impeccables… coiffées et habillées, rien ne dépassait, et qui se tenaient si bien droites sur leur chaise… et moi avec mes foulards bariolés… mon envie de blaguer un peu, je faisais tache.
Puis, à l'adolescence, j'ai été humiliée publiquement au groupe de jeunes et aux camps organisés par mon église… moqueries… mise à l'écart… on m'a traitée de bête, car je suis dyslexique et parce que j'ai été enseignée à la maison durant la majeure partie de ma scolarité… ensuite je n'ai pas fait de grandes études… juste un CFC (diplôme)… du coup j'étais encore plus bête… tout cela je n'en ai jamais parlé à qui que ce soit y compris mes parents pendant très longtemps… ils ne l'ont appris qu'il y a quelques années.
A la suite de tout cela, j'en suis venue à détester les chrétiens… à avoir peur d'aller dans une église… à me sentir tout le temps jugée… Nous sommes partis de cette église… mais moi je suis ressortie meurtrie… je n'avais plus confiance ni en moi ni en qui que ce soit. Et j'ai fait un burn-out.
Je me suis éloignée de Dieu.

Mais Dieu est bon…
Il a mis sur mon chemin des choses et des gens pour m'aider à remonter la pente… il nous aime tant… il m'a

fait cadeau de quelque chose dont j'avais tant rêvé depuis gamine… mais ayant des parents pauvres, je ne pouvais pas… Il m'a offert un cheval… un petit cheval qui m'a aidée à un moment critique de ma vie… et il a mis sur cette fameuse route des BD d'un certain Auderset… J'ai pleuré en lisant *Robi*… surtout les dessins de l'agenda de Dieu pour Robi.

Je voulais donc vous remercier… car, en lisant vos BD, j'ai réalisé que je pouvais être chrétienne. Et être une artiste originale…
Que Dieu ne voulait pas que nous soyons des petites filles modèles en apparence extérieure… et qu'il nous aime malgré nos péchés et nous a pardonnés. Et j'ai vraiment commencé à avoir soif de la parole de Dieu… à vouloir suivre Dieu.
Alors vraiment un grand merci pour ces BD qui touchent des cœurs et pour votre blog et vos réflexions sur vos interactions avec Dieu qui me touchent tellement et me parlent (et je ne suis certainement pas la seule).

Que Dieu vous bénisse richement vous et toute votre famille.

Eve

Bonjour Ève,
Je suis très ému de recevoir une telle lettre.
C'est triste comme certains milieux d'églises n'ont pas su découvrir la richesse que tu es.
Cette petite touche de liberté artistique de Dieu dont ils avaient tellement besoin.
On a souvent considéré le style «habit de comptable» comme la mode de culture chrétienne, alors que Dieu est tellement plus créatif.

Tu le sais peut-être déjà, mais je te le redis, l'église a vraiment besoin de gens comme toi, car ainsi, les gens venant de l'extérieur, qui viennent de ton monde, s'y sentiront plus à la maison.

Alain

Le mur du mal

J'ai dans mon jardin un vieux mur de plus de 2m de haut, moche et méchant!!! (Vi pask'il empêche les petites fleurs d'avoir du soleil!!!)

Ma masse à prière

J'ai décidé de l'abattre de mes propres mains (je suis le défenseur des petites fleurs). Avec une rare violence (ainsi qu'avec une masse), je frappe ce mur de l'ombre. En même temps, dans mon cœur, j'assène aussi des coups de prière contre les murs de ma vie, ses injustices, souffrances récurrentes et autres misères. Je refuse le fatalisme, de faire avec!

Une demi-heure plus tard :
Le mur: à peine une égratignure…
Moi: abattu!!

Prières ratées?!?

Ça ressemble à certaines de mes prières de longue date toujours pas réalisées… en même temps, Pourquoi à l'église, ce sont toujours les mêmes personnes qui s'avancent pour demander la guérison! (?!?) Est-ce que ça ne marche pas pour elles?
Je frappe et bute sur mes raisonnements…

Petit, mais puissant

En observant la nature, j'ai appris ceci:
Une petite chose, répétée avec fidélité, devient grande. C'est avec la persévérance qu'on perce. Qui perce verra... J'applique déjà cela à mes disciplines artistiques, alors pourquoi pas à un mur?

La victoire mentale

Surtout motivé à combattre les murs de ma vie, je décide de prendre une heure par jour pour accomplir ce travail à la masse (dans tous les sens du terme!). Car pour abattre un mur dans le monde réel, il faut d'abord l'abattre dans sa tête.
Plus que les muscles, il faut y croire!!! C'est la foi qui est votre force... Néanmoins mes efforts semblent ridicules...

Le coup de grâce

Au bout de quelques jours, je réussis enfin à trouer le mur! C'est étrange, avant qu'un morceau de mur ne cède, le son de l'impact change...
Question:
Est-ce à dire que les centaines de coups précédents étaient nuls? Mmm... Je pense que tous comptent, aucune prière n'est sans effet...

Le plan B

Ce petit trou, quel encouragement…! Mais bon, il faut avouer que ce n'est pas grand-chose :
– Râââ !! Help-moi Seigneur !
Une voix me répond derrière moi :
– Pas comme ça, mon gaillard !
Je me retourne et suis étonné d'être nez à nez avec Aberwarumnichteinkartopfel (c pas son vrai nom !), un pote qui, d'habitude ne sort jamais en raison d'une maladie des os ; s'il tombe, il se casse en morceaux (et plus facilement que mon mur !!!).
– Creuse dessous, tu gagneras du temps !
qu'il me dit, puis il partit. Et moi :
– Creuse dessous !? Qu'est c'k…?! Quelle idée… (?) Ce n'est pas du tout mon plan…!
Je continue à frapper… mais le bruit n'arrive pas à couvrir mes pensées :
– Et si c'était Dieu qui me parlait à travers Aberwarumnichteinkartopfel ?

Plus fort que la prière!

Finalement je creuse dessous, attache une corde du mur à ma voiture, mets les gaz à fond et, très vite, fais basculer le mur !!! (Faut faire vite car sinon le mur écrase la voiture !) **BOUM !!!** Le mur se fracasse au sol, l'impact est si fort qu'il fait sursauter ma petite famille assise dans le salon. Aussitôt, tel le plus beau des tableaux vivants, elle accourt dans l'encadrement de la fenêtre. Leur original de papa a enfin réussi !

J'ai compris une chose capitale,
il y a plus fort que la prière : écouter Dieu !
Plus fort que la persévérance : la grâce.

Le mur abattu, je prends encore plusieurs semaines pour enlever à la sueur (et à la pelle) la mauvaise terre pour la remplacer par de la bonne.
Une fois terminée, je regarde mon œuvre, prends une poignée de graines de tournesol toutes pareilles et les plante tout autour de mon atelier. Celles qui germent à l'endroit du mur absent deviennent de véritables fleurs géantes (j'en ai jamais vues d'aussi grandes !) qui me réjouissent, ainsi que tous les passants…

Et les mûres qui poussent à cet endroit produisent une récolte exceptionnelle pour la plus grande joie de ceux qui s'arrêtent à ma table !

Face à vos bons défis, tenez bon, car le bienfait qui en résulte est tellement plus grand que l'épreuve qu'elle demande.

Mon mur physique n'est plus, mais mes murs invisibles sont toujours là… je continue de prier (et d'écouter…) et deviens chaque jour plus fort.
Certains murs se fissurent, d'autres semblent invincibles… mais je crois que mon Dieu est plus grand et, même si c'est dur, je continue…

« Ceux qui sèment avec larmes, moissonneront avec chants d'allégresse ». Psaume 126.v 5

Quel que soit ton mur à abattre, tiens bon toi aussi.
Un jour, il tombera !

Hors de prix ?

J'entends le chant de plusieurs oiseaux au-dessus de moi. L'air est doux et frais. L'odeur de la forêt me sécurise, je me sens chez moi. Entre les arbres en face de moi, un énorme rocher en partie caché derrière le brouillard a la tête plongée dans le ciel bleu que je ne vois pas. Dieu est là, tranquille et silencieux, Il m'écoute... Avant de retourner dans la mêlée, je goûte à une paix momentanée précieuse mais accessible à tous ; elle n'a qu'un prix :

Sortir de ses habitudes et y aller.

Au-delà des maux(tos)

Le papa de *Marcel* en voiture...

Les oisillons

J'aime rouler lentement. Une nichée d'oisillons s'est s'installée au creux du garde-boue de la roue arrière, je les entends piailler et ça s'amplifie dans les tunnels... Tout le monde dépasse ma petite voiture délicieusement cabossée. Elle est tout droit sortie d'une poésie démodée d'un autre temps.

Spectacle de mime

Les «dépasseurs» m'offrent une performance de mimes d'exception comportant toute la panoplie de personnages râleurs désopilants ; mort de rire (et c'est moins cher que le cinéma!).

Y.. d. es ... m.t

J'aime parler avec Dieu tout en roulant. Ces derniers temps, je ne sais pourquoi, il nous manque des mots dans nos conversations (?), j'ai dû en perdre en route... (ou c moi qui ne vais pas...).

Son spectacle

Une forêt d'automne multicolore acclamant avec force et silence s'offre à ma vue, et j'ai un miroir humide réfléchissant le ciel dans toute sa luminosité en guise de route. Les messages sont aussi puissants que les mots et ça dit... bin ça dit... euh...

Tiens? ma roue me dépasse

Soudain, les oisillons se sont tus... (?) **BOUM!** Je suis déporté d'un coup sur la route opposée, la roue s'est déboîtée!!! (Incroyable, ce n'était pas des oisillons!) Maintenant la roue fait un 8, et secoue la voiture plus que d'habitude!

(Vi, c'est possible!)
Je ne suis pas sûr de pouvoir rentrer ce soir… va falloir rouler encore plus lentement (Vi, ça aussi c'est possible!)
Dieu a peut-être un message de clair de lune à me dire….

Le sentier entre les rêves

Le mat supertôt (wouais paske Jasmine, mon personnage dessin animé, m'attend pour naître en 3D)...

Au milieu de rêves...

Je traverse le village endormi. Derrière les fenêtres entrouvertes, je devine le sommeil de ses habitants. Cette intimité accidentelle m'attendrit. Ces gens si précieux aux yeux de Dieu et qui ne le savent pas... Comme tout un chacun (moi y compris parfois), ils mendient leurs petits centimes d'affection quotidienne tout en ignorant qu'ils sont assis sur un énorme gisement d'amour inconditionnel...

Précautionneusement, je me fraie un passage entre leurs rêves, pour mieux disparaître dans une forêt aussi profonde que leur sommeil.

L'invitation

Dans le silence de cet endroit secret et grandiose, j'ai rendez-vous avec mon Créateur. Comme d'hab, je ne mesure encore pas les conséquences des requêtes que je lui fais... Sans quoi, j'aurais peut-être réfléchi à deux fois (particulièrement ce matin!):

- Bonjour, Seigneur, j'ai une invitation à notre concert ce soir pour toi... tu viendras?

Silence.

(Son silence me parle... mais je ne suis pas sûr de comprendre.)

Le soir

Le concert

Depuis la scène, la vue sur le bord du lac est superbe. Mon épouse lance le chant sur le public et c'est parti ! A peine deux chants plus tard, l'inimaginable se produit. Sans avertissement, un formidable éclair, tel un flash géant, plaque au sol l'ombre noire de chacun. L'apparition soudaine illumine tous les nuages avec une telle force que tous nous réalisons d'un coup l'immensité du ciel qui nous entoure (lui d'habitude si discret). A des kilomètres à la ronde, tout ce qui a vie a maintenant la conscience en éveil.

Le déluge

Une pluie torrentielle, aussi dense que le lac lui-même, s'abat sur le public. Prise de panique irréfléchie, la foule investit les deux ou trois tentes-buvettes présentes. Bourrés à l'excès, ces endroits exigus ont brisé, en moins d'une minute, toutes les barrières de distance délimitant l'espace d'intimité personnelle que normalement seul un proche apprivoise au prix d'années d'affection.

Show must go on

L'invité surprise !

J'ai beau être un musicien sur la scène couverte (ouf, un toit!), que je n'en ai pas moins l'impression d'être juste un spectateur. Et là, je l'ai reconnu...
Silence.
Tous ces éléments de la nature déchaînée, cette ambiance électrique, cette force... **Il est là!** Celui que j'ai invité ce matin... est venu! L'Ancien des jours, à l'origine des univers, le Créateur en personne assiste à mon concert!!! La conscience de mes faiblesses musicales ne fait qu'augmenter l'honneur qui nous est fait!

Tel un enfant jouant avec son père

En réponse à ses éclats, je lance un riff de guitare qui à son tour déchire le ciel sonore. A cet instant, je ne joue que pour lui et de tout mon cœur. Je saute de joie et de toute ma force (en rythme!). Le tonnerre qui ébranle le sol à la fin du morceau est le plus formidable applaudissement que j'ai jamais reçu dans ma vie.
Un puissant souffle, mêlé de gouttes de pluie fraîche,

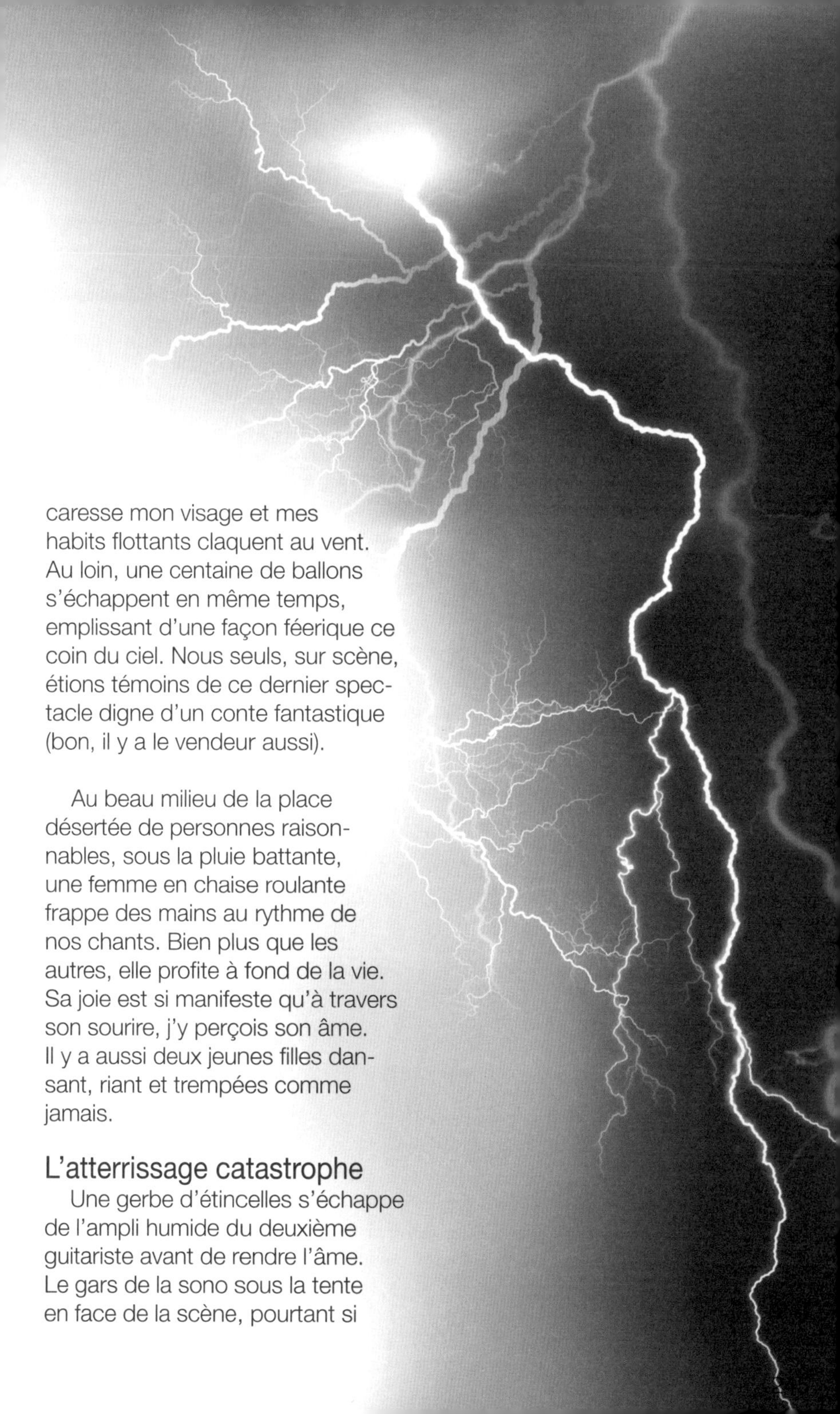

caresse mon visage et mes habits flottants claquent au vent. Au loin, une centaine de ballons s'échappent en même temps, emplissant d'une façon féerique ce coin du ciel. Nous seuls, sur scène, étions témoins de ce dernier spectacle digne d'un conte fantastique (bon, il y a le vendeur aussi).

Au beau milieu de la place désertée de personnes raisonnables, sous la pluie battante, une femme en chaise roulante frappe des mains au rythme de nos chants. Bien plus que les autres, elle profite à fond de la vie. Sa joie est si manifeste qu'à travers son sourire, j'y perçois son âme. Il y a aussi deux jeunes filles dansant, riant et trempées comme jamais.

L'atterrissage catastrophe

Une gerbe d'étincelles s'échappe de l'ampli humide du deuxième guitariste avant de rendre l'âme. Le gars de la sono sous la tente en face de la scène, pourtant si

conscienciеux, lève les deux mains au ciel, pour signifier qu'il rend les armes.

– Je ne contrôle plus rien !! Je ne contrôle plus rien !! devine-t-on. Sa voix est couverte par notre musique (je n'ai plus envie d'arrêter !). Nul ne sait par quel miracle technique continue à jaillir des enceintes.

See you !

Je laisse là un public sidéré, conscient qu'un ouragan étrange vient de les traverser, mais qui – je le sais déjà – n'en aura pas compris le sens... En quittant la scène, je salue de loin mon Dieu. Il a compris mon clin d'œil qui signifie :

– A demain dans la forêt !

A Dieu l'ami

J'ai marché hors de la ville. J'entends bien au loin le grondement de la ville, mais je suis dans un coin de nature tranquille. Paradoxalement le chant des oiseaux et des insectes me paraît plus humain, il me rassure.

Ma femme m'a annoncé la mort d'un copain ce matin (Jimmy, notre ancien batteur)…

Pourquoi ?

Je croise un grand arbre, il étend ses bras protecteurs sur moi, comme le fait mon Créateur. Peu m'importe les pourquoi, j'ai juste besoin de Dieu… J'ai confiance en lui. Avec le soleil, il recharge mes batteries. Le ciel qui s'offre à mes yeux est si immense, il y aura bien une place pour mon ami (discret, il s'est toujours fait petit).

De la tendresse pour toi

Il y a bien des épines dans cette nature… mais je la comprends, elle se défend comme elle peut, les hommes lui ont volé tellement de terrain… Mais, loin d'être rancunière, elle me propose plein de petits fruits. J'ai même trouvé un prunier sauvage supergénéreux !!!
Je ne savais pas que j'avais autant de larmes d'affection pour cet ami… j'aurais dû les lui donner de son vivant…

Je tâcherai de faire mieux avec ceux qui me restent et avec vous aussi si je vous rencontre...

Avant:

La voiture du ministre

Sur les routes avec les Gipsy Kings !

Tard, je rentre d'une soirée où j'ai partagé un peu de ma vie à des gens (j'en ai beaucoup, c pour ça...).
Alors que je traverse une nuit gelée qui me sépare des miens, je parle à Dieu.
Faut de la concentration, car la voiture fait des castagnettes, les roues un son de sirène de fin du monde et à partir d'une certaine vitesse le bruit est insupportable (au moins on n'a pas l'impression de voyager seul, mais que tout un orchestre Gipsy Kings débutant répète dans le coffre !).
– Seigneur, j'ai toujours eu des voitures en fin de vie atteintes de schizophrénie aiguë ; j'ai bien rigolé c'est vrai, mais je suis fatigué, j'en aimerais bien une genre classe...
Je m'étonne moi-même de cette demande un peu superficielle... ça ne me ressemble pas...
– Tu me trouves gonflé, hein...?
Pas de réponse...

Bah, il doit se dire que je fais un caprice (et il a sûrement raison). Je suis triste ; pas pour la voiture, non... (j'ai suffisamment le sens de l'humour pour la supporter), mais m'écoute-t-il vraiment ? Voilà maintenant plusieurs jours que Dieu ne me dit plus rien, (ou que mes écout(c)eurs sont en panne...), que je ne sens plus sa présence... Il me manque...
En plus, je lui parle si souvent d'un fardeau que je traîne depuis tant d'années et... je ne vois rien, ou si peu... (Peut-être que mes lunettes aussi sont en panne...)
C'est vendredi soir.

La nouvelle voiture

Lundi, j'ouvre mon ordi et je découvre l'e-mail d'un chrétien aux bonnes ouïes que j'ai croisé il y a fort longtemps qui dit genre :
– Salut, Jésus m'a dit de te donner une voiture...

Une voiture **super la classe !!!** (Une Honda de 2008, 4x4, diesel, siège en cuir, catapulte, parachute, rétrofusées astéréo-hache, cornofulgure et antimissiles intégrés !) Aïe, l'assurance va être pire grave... Je vais peut-être devenir ministre ! (J'ai confiance !)

La fête

Autour de la table, la petite famille est en effervescence, elle ne parle que de ça, sautillant et même chantant de joie. Au milieu de tout ce brouhaha, je suis heureux, mais reste songeur... Jésus ne m'a toujours rien dit concernant le fardeau lourd... Mais, maintenant, je suis rassuré, car j'ai un trésor bien plus grand que n'importe quelle réponse aux prières :
Un Ami qui m'écoute vraiment...

Après :

La gloire de Papa

Avec mon petit Benjamin (de moins en moins petit, en fait), on aime passer des moments de qualité ensemble. Son monde me passionne : Saviez-vous qu'on forge les meilleures armures dans les écailles de dragon ? (Et qu'il a toujours des pièces d'or sur lui ; bizarre non ?) Bon, je vous rassure, le dragon en question n'est pas une prof de sa classe, mais se trouve bien dans un jeu…
(Mais on ne sais jamais si j'en croise un…)

Sous les étoiles

On aime aussi se faire des soirées dessins animés rien que tous les deux. Notre kiff, c'est d'être calés sur le fauteuil avec une boisson maison improvisée et des trucs à grignoter (plus c'est malsain, plus on aime !).
On s'est fait rêver la tête avec des animations japonaises, puis ri aux éclats avec d'autres mais aussi plongé dans des réflexions philosophiques bien à nous.
On reparle souvent des meilleurs moments tous les deux couchés sur le dos en fixant les étoiles imaginaires du plafond ! Un peu comme si on avait vécu toutes ces aventures ensemble.
J'aime mon fils, je me sens privilégié d'avoir ce temps avec lui. Chaque fois que je le vois, je me réjouis vraiment. En fait, je suis son plus grand fan…
Et Dieu, c'est un peu pareil avec toi…

Mon premier « Oscar »

Ce soir, je montre à toute ma petite famille les dessins animés dont je suis l'« auteur ». (Ok, c'est surtout le studio Moondog-animation qu'a fait, mais bon…)
Je vois quelque chose dans le regard de mon petit qui brille plus fort que la médaille d'honneur des grands de ce monde : il est fier de moi…

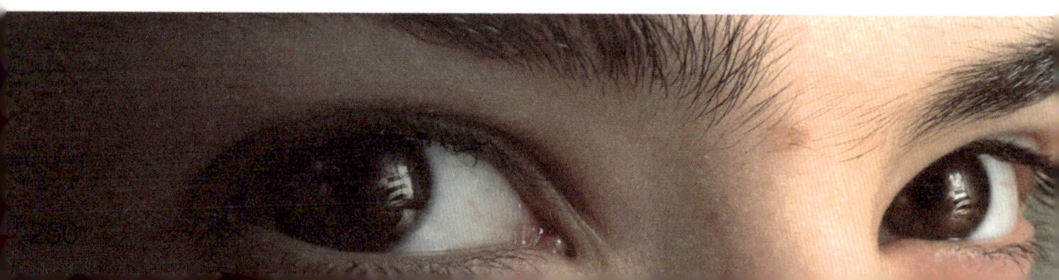

Le reflet du dessin animé dans ses yeux est tellement plus beau que tous les écrans HD. Mon cœur de petit papa a un silencieux bruit de jackpot!
C'est ce que Dieu (notre Père céleste) doit ressentir lorsqu'on est fier de lui.

Papa aime être avec toi…

Table des matières

DU MÊME AUTEUR:

BD SANS PAROLE

ADAPTATION VIDÉO

DANS LA MÊME COLLECTION:

À PARAÎTRE EN 2020: